中华魂

ZHONGHUA HUN

百部爱国故事丛书

八百壮士 四行仓库铸军魂

——谢晋元和他的战友们

孙健筠 田艳萍 编著

吉林人民出版社

图书在版编目（CIP）数据

八百壮士　四行仓库铸军魂：谢晋元和他的战友们
/ 孙健筠，田艳萍编著 .-- 长春：吉林人民出版社，
2011.3（2021.8 重印）
（中华魂·百部爱国故事丛书）
ISBN 978-7-206-07511-7

Ⅰ . ①八… Ⅱ . ①孙… ②田… Ⅲ . ①革命故事—中
国—当代 Ⅳ . ① I247.8

中国版本图书馆 CIP 数据核字 (2011) 第 032572 号

八百壮士　四行仓库铸军魂
——谢晋元和他的战友们

BABAI ZHUANGSHI　SIHANG CANGKU ZHU JUNHUN
——XIE JINYUAN HE TA DE ZHANYOUMEN

编　　著：孙健筠　田艳萍
责任编辑：张　娜　　　　　封面设计：孙浩瀚
制　　作：吉林人民出版社图文设计印务中心
吉林人民出版社出版 发行（长春市人民大街7548号　邮政编码：130022）
印　　刷：北京一鑫印务有限责任公司
开　　本：787mm×1092mm　1/16
印　　张：8　　　　　　　字　　数：64千字
标准书号：ISBN 978-7-206-07511-7
版　　次：2011年3月第1版　印　　次：2021年8月第2次印刷
定　　价：35.00 元

如发现印装质量问题，影响阅读，请与出版社联系调换。

总　序

　　《中华魂》是一套故事丛书。它汇集了我国自鸦片战争以来一百八十余年间的近百位民族英雄、仁人志士、革命领袖、先进模范人物的生动感人事迹，表现了他们作为中华儿女的伟大的爱国主义精神。

　　爱国主义是人们对于"生于斯、长于斯、衣食于斯"的祖国的一种神圣感情，是人们对于自己民族的一种强烈的责任感和使命感，是感召和激励整个中华民族的一面永不褪色的旗帜。在一百多年的中国近现代史上，爱国主义一直激励着中华儿女为祖国的独立、统一、进步和繁荣而英勇奋斗。从"苟利国家生死以，岂因祸福避趋之"的林则徐，到"我自横刀向天笑，去留肝胆两昆仑"的谭嗣同;从"铁肩担道义,妙手著文章"的李大钊,到"青春换得江山壮,碧血染将天地红"的赵一曼;从"县委书记的好榜样"的焦裕禄,到"问鼎长天,扬我国威"的邓稼先……都表现出了强烈的爱国主义精神。正是由于热爱祖国的人们前仆后继地奋斗,国家和民族才得以生存,才能够在一次次历史危急关头转危为安,走向兴盛和富强,从而屹立于世界民族之林。爱国主义是鼓舞中华儿女历经忧患、跨越沧桑、百折不挠、自强不息的伟大力量,它贯穿于中华民族的整个历史,并有力地凝聚着五洲四海的中国人。

爱国主义是一个历史的范畴,在社会发展的不同阶段、不同时期有不同的具体内容。革命时期,需要我们为祖国的独立自主出生入死;建设时期,需要我们为祖国的繁荣富强增砖添瓦。在全国各族人民团结一心,开启全面建设社会主义现代化国家新征程的今天,我们要争做一名新时期的爱国者。新时期的爱国者要有强烈的民族自尊心、自豪感。民族自尊心、自豪感是任何时期、任何爱国者都必须具备的情感。民族自尊心能增强我们自立向上的恒心,民族自豪感能树立我们建设祖国的信心。要树立"祖国高于一切"的崇高信念,为了祖国和人民的利益不惜抛却个人的利益,甚至不惜牺牲个人的生命。我们要树立终身学习的理念,拓宽自己的知识面,广泛吸收新知识、新技术,完善自身的知识结构,更新学习知识的方法与理念,从思想上、知识上充分武装自己,为祖国的繁荣昌盛贡献力量。

爱国主义思想的继承和发扬,是关系到民族盛衰、国家兴亡的根本问题。爱国主义思想情操的形成,需要不断地培养。培养爱国主义精神的一个重要途径是向英雄人物和典范事迹学习和致敬。这套丛书的出版,对于青少年向英雄和先进人物学习,特别是对于在中小学生中进行爱国主义教育是不可多得的生动的教材。祝愿此书出版发行成功,为培养时代新人做出贡献。

胡维革

中华魂
百部爱国故事丛书

编 委 会

策　划：　胡维革　　吴铁光

　　　　　林　巍　　冯子龙

主　编：　胡维革　　邢万生

副主编：　贾淑文　　杨九屹

编　委：（按姓氏笔画为序）

　　　　　于二辉　　刘士琳

　　　　　刘文辉　　孙建军

　　　　　李艳萍　　吴兰萍

　　　　　谷艳秋　　隋　军

"八一三抗战"，中国军人以血肉之躯揭开全面抗战的帷幕。这是一场血战，是中国军人不屈不挠的英雄诗篇，其中的八百壮士守四行，成为这首英雄颂歌中最动人、最凄美的音符。一曲四行保卫战，铸就了不屈的军魂。

目　录

中华魂 百部爱国故事丛书
ZHONGHUA HUN

淞沪会战　抵御强寇

　　抗日战争全面爆发后不久，1937年8月13日至11月2日，中国军队与侵华日军在上海进行了3个月的鏖战。这是抗日战争时期中日之间主力的首次会战，是14年抗战中规模最大、时间最为持久、战况最为激烈的战役之一。战斗主要在以上海市为中心的长江三角洲地区展开，被称作"八一三"淞沪抗战。八百壮士坚守四行仓库，就是这次战役尾声中的一个十分耀眼的亮点，提振了中国军队的军威，铸就了不屈的军魂。是在"淞沪战争"中的最后一仗，也是打出了中国军人壮烈、英勇奇迹的一仗。

　　毛泽东有过"八百壮士民族革命典型"的亲笔题词，赞誉八百壮士的英勇事迹。

　　1937年8月13日，淞沪会战开始。日本侵略军先后调集28万人，动用军舰30余艘，飞机500余架，坦克300余辆，大举进犯上海。中国军队先后调集70余个师，舰艇约40艘，飞机250架，投入战斗。经过浴

八百壮士
民族革命
典型

一九三八年毛泽东主席
在六届六中全会上题书

毛泽东

毛泽东题词：八百壮士民族革命典型

血奋战，中国军队毙伤日军4万多人，坚守上海达3个月之久，粉碎了日本军国主义者3天占领上海，3个月速战速决征服中国的美梦。

李宗仁在后来的回忆录中这样记述"八一三"淞沪会战："牺牲的壮烈，在中华民族抵御外侮的历史上，鲜有前例……是我国抗战牺牲最大，战斗最惨的一役。"

冯玉祥说，"在上海战场上，一百里以外看着，半边天都是红的……我们的队伍每天一师一师地、两师两师地加入前线，有的师上去之后三个钟头就死了一半；有的坚持了五个钟头就死了三分之二。这个战场是个大熔炉，填进去就熔化了"。

作为抗日战争中国正面战场22次会战中规模最为

庞大的战役之一，淞沪会战中，中日双方参战的兵员总数超百万。

至1937年10月27日，中国军队在两个多月内投入的兵力，除中央军外，先后调集长江以南各省，包括广东、广西、云南、四川相继派出部队，先后投入78个师、7个独立旅、3个暂编旅和财政部税警总团、中央军校教导总队、炮兵7个团、宪兵1个团，以及上海市保安总团、上海市警察总队江苏省保安团4个团，兵力总数75万人以上。另有空军的第二至第九大队等8个大队和1个暂编大队，几乎调动了当时全国三分之一兵力。

总司令长官蒋中正；副司令长官顾祝同；

右翼军总司令张发奎，下辖第8集团军（司令张发奎兼任）、第10集团军（司令刘建绪）；

四行仓库楼面弹痕累累

中央军总司令朱绍良，下辖第9集团军（司令张治中，后由朱绍良兼任）、第21集团军（司令廖磊）；

左翼军总司令陈诚，下辖第19集团军（司令薛岳）、第15集团军（司令罗卓英）；

日本投入的兵力：海军陆战队和陆军部队14个半师团，28万人，其中陆军部队共出动了9个师团又2个支队，一个混编陆战队，其中隶属上海派遣军的为第3、第9、第11、第13、第16、第101师团等6个师团；隶属于第10军的有第6、第18、第114师团等共3个师团；另有从华北的第五师团分遣出来的国崎支队和原属台湾守备队的重藤支队。海军部队参战的有第三舰队和第四舰队，舰艇30余艘，其中航母3艘。另外参加淞沪会战作战飞机架约390架，其中陆航210架，海航180架。

虽然中国军队的兵力是日军的近3倍，但装备上的巨大差距和战斗指挥的巨大失误，造成了中国军队只能在淞沪正面、纵深均不足20公里的地区，与日军反复拼搏，筑起血肉长城。

以中国军队中最精锐的第98师为例，在仅仅18天的作战中，伤亡达4960人，几乎占全师兵力的62%；阵亡的营级以下军官约200人。陶峙岳为师长的第8师并非中央嫡系部队，进入淞沪前线时，其装备甚至仍以19世纪20年代的汉阳造步枪为主，全师根本没有重型武器。

第8师参战近3个星期，全师作战人员从参战时的8000余人减员至700人。在蕰藻浜战场，第78师467团迎击渡河日军，1个连在10分钟内就全部阵亡。

我军伤亡据时任军委会办公厅主任徐永昌在日记中的记载：何应钦在1937年11月5日于南京召开的国防最高会议的报告中宣布，淞沪战场中国军队伤亡已达187200人；此外，1937年11月5日至12月2日之间，伤亡约为10万人；两项合计约为29万人。另据何应钦将军回忆淞沪会战："我军消耗竟达八十五个师之众，伤亡官兵三十三万三千五百余人"。据此，我军伤亡30余万人比较准确。我军阵亡中将军长1人，阵亡师长、副师长4人，阵亡团长28人，阵亡营长44人。

根据日本防卫厅防卫研究所战史室编：《中国事变陆军作战史》第1卷，第2册，第83页，1937年8月13日至11月8日这一期间，日军伤亡数字累计如下：8月13日至9月29日，战死：2528名，战伤：9806名；至10月14日，累计战死：3908名，战伤：15843名；至10月23日，累计战死：3809名，战伤：22151名；至11月8日，累计战死：9115名，战伤：31257名；从8月13日至11月8日合计：40372名。

八百壮士　四行仓库铸军魂

谢晋元和他的战友们

淞沪会战爆发于 1937 年 8 月 13 日，这场战役标志两国之间全面战争的真正开始，卢沟桥事变后的地区性冲突升级为全面战争。战斗在当时远东第一大都市上海的市区和郊区进行。只有上海法租界和苏州河以南的半个上海公共租界实行武装中立，分别划为法、英、美、意 4 国军队的防区。苏州河以北的公共租界及其越界筑路地区属于日军防区，是日军在上海的作战基地。

> 勇敢杀敌八百兵，
> 抗敌豪情以诗鸣。
> 谁怜爱国千行泪，
> 说到倭奴气不平。

在杀敌报国的日子里，谢晋元作诗自勉。这首诗句，是当年淞沪会战时期，震动全国，声名赫赫的谢晋元将军所写。而写这首诗的背景，正是谢将军完成那彪炳千秋的壮举，八百壮士镇守四行仓库的时候。

战斗结束后，许多中外记者来四行仓库采访，报上登出八百壮士抗战的消息。有人据此编了一首《八百壮士之歌》，广为传唱：

中国不会亡，中国不会亡，

你看那民族英雄谢团长。

四方都是炮火，

四面都是豺狼。

宁愿死，不退让，

宁愿死，不投降！

我们的国旗在炮火中飘扬！飘扬！

八百壮士一条心，

十万强敌不敢挡。

同胞们起来，

快快赶上战场，

拿八百壮士做榜样，

中国不会亡，

中国不会亡，不会亡。

不会亡。

谢晋元（1905－1941），广东蕉岭人，黄埔军校四期学员，参加过"一·二八""八一三"两次淞沪抗战，1937年10月，他率领数百官兵，坚守四行仓库，在中国抗战史上写下了极为壮烈的篇章，其部更被海内外人士誉为"八百壮士"。

这首激昂壮烈的《歌八百壮士》之歌，歌颂了"八一三"淞沪抗战中保卫四行仓库，掩护国民革命军88师及其他国民革命军向西安全撤退的"八百壮士"。

四行保卫战发生于1937年10月26日至11月1日，它的结束标志着中国抗日战争中的一场重大战役淞沪会战的基本结束。参加这场保卫战的中国士兵被称为"八百壮士"，他们抵住了日军的多番进攻。这次保卫战的成功，重新振奋了因淞沪会战受挫而下降的中国军民的士气。四行仓库只与英美租界相隔一条苏州河，将整个战斗展现在了西方世界面前，进一步吸引了国际社会的注意力。

在1937年"八一三"淞沪抗战后，这首《歌八百壮士》之歌从苏州河、黄埔江畔传向东南西北；从上海传遍全中国。那雄壮激昂的旋律，激励着千千万万热血青年奔赴抗日战场；它又如战斗的号角，鼓舞着无数战士以自己的血肉之躯筑起抵御日寇侵略的民族长城。直到今天，人们读着这歌词，还被谢晋元和八百壮士孤军奋战、殊死报国的精神所震撼。他们是祖国的骄傲，民族的自豪。

日本阴谋夺取华中

"七七事变"后，日本密谋向华北增兵。在7月11日的五相会议上，日本陆相杉山元提出的增兵计划，得到会议的认可。同时会议发表了《派兵华北的声明》（以下简称《声明》），将"七七事变"的责任全部推到了中国军队一方。《声明》公开申明，日本政府下了极大的决心，决定采取一些必要的措施，立即增兵华北。这一声明无疑就是日本全面侵华的动员令，是没有宣战的宣战书。

同日晚，日本首相近卫文磨召集参众两院议员代表、财经界和新闻界的人士开会，表明日本政府的所谓对华立场，并且要求各界给予无条件支持。由此，在日本国内掀起了一股空前的侵华反华的狂潮。

日本在向华北派兵扩大战争的同时，也在积极密谋，准备出兵上海企图把战争从华北扩大到华中地区，从而逐渐实现其侵占整个中国的狂妄野心。1937年7月11日，在日本的内阁五相会议上，海相来内光政就强调，战争一定会波及中国的全部，并向日本内阁会议提出要做好全面对华作战的准备工作，计划一个周密的秘密方案。

在这个方案中来内光政将对华战争分为两个步骤两个时期：第一期目标是日本海军第2舰队配合陆军进行华北作战，迅速夺取华北，结束华北战争。第二期目标则是让日本陆军派遣3个师团与海军第3舰队协同作战，并且把上海作为第一个进攻的据点，然后以上海为基地，进行华中华南作战，从而实现夺取全中国的目的。

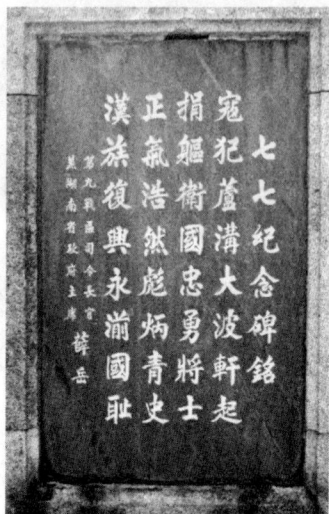

七七纪念碑铭

7月26日，驻上海的日军海军第3舰队司令长官长谷川在《对华作战用兵的意见》一文中认为，要想侵占中国，并夺取中国，对上海和南京的控制是最重要的。因此他提议，日本海军司令部应派遣5个师团进行华中作战，确保攻占上海和南京。

针对日本的侵华阴谋，国民政府也召开了一系列会议。从卢沟桥事变后统帅部历次会议记录看淞沪会战起因，这些统帅部的会议都是在何应钦官邸召开的，从7月11日开始，开了20次，基本上是为了应付"七七事变"后的复杂形式，大家讨论初期的战略政略和各方面准备情况的。

7月11日这次汇报主要是检讨弹药粮秣储备情况和新武器分发情况的。7月13日增拨第2师补充旅（后更名为独立第20旅）一个团秘密进驻上海市。7月14日北方既不可恃，长江封锁就需要切实进行，开始撤除长江之灯塔、航标。海军设立封锁线，巩固吴福阵地，江阴要塞强化，原定装海州的8.8炮，移装江阴。7月16日这次汇报主要讨论了战争局部化和全面化德不同因应方法：如果是局部化，不能绝交宣战，如日军有在青岛、海州登陆的意图，必须在上海先动手。如果全面化，则是绝交宣战局面，则最忌惮的是日军沿江而上，在长江腹地到处开炮，至为不利。炮兵第7团委座要求必须北开。

中国方面判断日军必将进攻上海，积极进行作战准备，做了一系列军事防御部署，部队开进上海及其附近预定阵地。国民党军准备进驻上海的第一批部队是第87、88师，原为国民政府的警卫部队，是德国顾问训练的样板师，全德国武器装备，为国军精锐。秘密开到上海附近后，张治中又建议抽调正规军化装为保安队进驻上海，蒋介石同意了，于是军委会命令驻扎在苏州的装备优良的第2师补充旅第2团换上保安队服装秘密进驻虹桥机场，以充实上海兵力，深感责任重大的副旅长杨文瑔为此事专程到南京面见军政部长何应钦，请示具体做法，何认为这一做法冒险，担心与日军发生冲突。何应钦还曾拍着张治中的肩膀说："文白，这是要闹出事来的啊！"（见时任第9集团军作战科长史说的回忆："八一三淞沪抗战记略"，载"国民党将领抗日战争亲历记"系列之《八一三淞沪抗战》，中国文史出版社1987年版，90—91页）

1937年8月13日，日军向中国军队阵地发动进攻，淞沪会战由此开始。中国政府发出《自卫抗战声明书》，向全世界表明了中国被迫抗战的正义性和抗战决心。

由于中国军队的英勇作战，使日军迟迟不能取得进展，因而会战规模不断升级，日军不断从国内及华北、台湾抽调大量部队增援，进行登陆作战，同时不断扩大日军级别，由上海派遣军发展为华中派遣军。日本海空军大量参战。参战日军总计达到30余万人。日本侵华的战略重心从华北发展到华中，形成华北华中两个战场。日本国内的战时体制也迅速加

国民政府自卫抗战声明书
（民三十六年八月十四日）

中国为日本无止境之侵略所逼迫，兹已不得不实行自卫，抵抗暴力。

近年以来，中国政府及人民一切所努力者，在完成现代国家之建设，以期获得自由平等之地位；以达之故，对内致力于经济文化之复兴，对外则谋睦和平与正义，凡国际盟约，九国公约。兹认定"独立"与"共存"者，莫不忠实履行其义务。乃自九一八以来，日本悍然侵夺我东四省，淞沪之役，中国东南前要衢续，沦于兵燹，一二者实相待而成也。

1937年8月14日，国民政府发表的《自卫抗战声明书》

第87师一辆装甲车冲入在北火车站的日军阵地进行扫射，造成日军伤亡。

强，成立了由天皇直属的大本营，战略上也将卢沟桥事变以来的侵华战争由"华北事变"改称"中国事变"，最后揭去虚伪的"不扩大"面纱，正式承认了全面侵华战争。

与此相应，中国在日益增强的敌人面前，也不断投入增援力量，从广东、广西、四川、贵州、云南等地抽调部队参战，并不断调整军事部署。中国海空军力量也参加战斗。

中国军队经长期激战，消耗很大。同时在军事装备上又不占优势，日本又有海空军的协同作战，中国军队虽经英勇奋战，但处境渐渐不利。11月5日，新增日军杭州湾登陆后，严重威胁中国军队侧翼，战局于中国极为不利，中国军队遂进行撤退，11月12日，上海沦入敌手。

整个会战中中国军队表现了英勇的牺牲精神，给

八百壮士 四行仓库铸军魂

谢晋元和他的战友们

日军造成重大打击。表现了广大爱国官兵高昂的誓死抗击侵略者的英雄气概和爱国主义精神。如团副谢晋元仅率所属一营死守四行仓库，面对优势敌人疯狂不断的进攻，坚守4昼夜，击退日军6次进攻，毙敌数百人，令敌胆寒，所部被中国人民誉为"八百壮士"。

虹桥机场事件

八百壮士的英雄故事发生在1937年8月13日至11月12日的淞沪会战期间，淞沪会战是中国14年抗战中规模最大、持续时间最长的战役之一。1937年7月7日爆发卢沟桥事变之后，中国进入全面抗战时期。

1937年7月7日，日本借口一士兵失踪，要求强行搜寻宛平城，炮轰芦沟桥，派大军进犯华北……蓄谋已久的全面侵华战争终于爆发了。

为了扩大战争，日本帝国主义故伎重演，伺机在上海挑起事端，发动战争，一时，黄浦江上战云翻滚，恐怖气氛笼罩着整个上海。

8月9日，日本官兵两人驾车一辆，向我沪西虹桥军用机场急驰而来，意欲探究中国军队的情况。中国保安队阻其停止前进，要求他们出示证件，对方拒不听从，驾车冲了过去，并开枪打死中国保安队队员一名，机场中国守兵被迫开枪还击，日本驻沪海军陆战队大山勇男中尉和水兵斋藤要藏两人中弹丧命，侦察机场军事情况的任务没有完成。日本侵略者却找到了借口，气势汹汹地要挟中国政府撤退上海的保安部队和拆除所有的防御工事。真是岂有此理，中国军队不能在中国自己的土地上驻扎，拆除防御工事，还要军队干什么。

日本人为什么去虹桥机场？

虽然早在1932年，中日就签订了《淞沪停战协定》，但双方不断派人查探对方实力和动静。据时任上海保安总团第2团第2大队重机枪中队长的杨俊回忆，当保安团在上海市区暗置工事和兵力时，曾有两个人来抄门牌。在被问及是什么人、来干什么时，这两个人都不回答，所以杨俊怀疑他们是日探，命令卫兵脱下他们的鞋，发现其大脚趾叉开（这是日本人特有的生理标志）。此时这两个人才承认他们是日本海军陆战

"八一三"淞沪抗战中虹桥事件，虹桥事件由中日双方会同调查。

队的小队长和步兵曹长，还搜出了他们身上的日记本，里面记载了屋里机枪和官兵的数目。随后，这两个日军被关起来，遭到保安团士兵的痛打，次日才放出。这样的事时有发生，虽然日方多次向上海市府提出抗议，但由于上海没有日本陆军，所以日本海军陆战队也不敢造次，但日军飞机却多次飞临位于上海西郊的虹桥机场上空进行侦察。

西安事变后，张治中卸去国民党中央陆军军官学校教育长一职，专任京沪警备司令，下辖3个师，即王敬久的第87师、孙元良的第88师、宋希濂的第36师。为了掌握日军情况，为日后出击做好有针对性的准备，张治中也派人秘密进入上海市区进行侦察。据时任第87师第,261旅第521团团长、后任该旅旅长的陈颐鼎回忆："为了准确掌握日军部署情况，第87师呈准上级安排连长以上军官，身着便装，分批潜入上海市区进行实地侦察。"

但这些派去的军官们也没有能够掩饰住军人的身份而被日本人察觉。时任第88师参谋长的张柏亭回忆："同行人员，则都光头西装，行动有点土里土气，多少引起日军怀疑。"

卢沟桥事变后，上海局势随之紧张，为了防备日军从上海发动进攻，蒋介石加强了淞沪一带的国防建

设和武装力量。8月初，在原有第八十七、第88、第36师的基础上，钟松的第2师补充旅（后改为独立第二旅）划归张治中指挥。张治中向蒋介石建议派遣该旅一部化装成保安队员进驻

虹桥机场，以防止日军夺取这一重地，作为支援其海军陆战队由虹口进攻闸北的支撑点。该建议得到蒋的同意，当时在场的何应钦却提醒张治中："文白，这是要闹出事来的啊！"

随后，张治中即令钟松旅1个团化装成保安队进驻虹桥和龙华机场，其中一个精锐营乘夜经火车输送至上海，换上保安队服装，经小路到达虹桥机场。之所以要秘密开进，是因为1932年的《淞沪协定》规定中国军队只能驻在昆山、苏州一带，上海市区只有吉章简的两个保安团、警察局的警察、虹桥机场的守备连。

为了使这一行动不打草惊蛇，旅长钟松特地换上便衣，和上海警备司令部参谋处处长朱侠、保安总队队长吉章简一起布置。另一方面，由警备司令部出面，以北方局势紧张为由，与上海日本领事馆协商，规定日方官兵经过华界时必须事先通知中方。

然而，进入驻虹桥机场的中国军人虽然行动隐秘谨慎，但还是被狡猾的日本人发现，并前来侦察。

8月9日下午由原驻白利南路（现长宁路）日本丰田纱厂（现上棉五厂）之陆战队西部派遣队队长大山勇夫中尉，率士兵斋藤要藏驾车，循越界筑路的白利南路、比亚士路、牌坊路、虹桥路直闯虹桥机场入口处。机场守兵见有日本军人接近，即发枪将大山击毙在车内，斋藤急掉转车头循原路疾驶，机场守兵继续射击，斋藤弃车向田野间躲避，最后仍遭击毙。

宝安队员依托街中工事向进犯的日军射击

时任第9集团军司令部作战科科长的史说则提供了更为详细的信息：

日本人大概知道有中国正规军到达上海的消息，8月9日，派了一个军曹，名叫大山勇夫到虹桥机场，要进机场大门，守门的就是化装保安部队的步兵旅士兵。这些士兵平时恨透了日本人，一见日本军人横冲直撞，不听制止，就决定自卫，开枪打死了那个军曹。

显然，新驻虹桥机场的中国正规军与原驻保安队士兵不同，他们胸怀爱国热情和对日军的满腔仇恨，没有对付日本侦察兵的临场经验，又缺乏克制隐忍教育，他们用子弹代替拳头来教训日军也在情理之中。

机场守备部队在打死大山和斋藤后，发现日方没有后继兵力，赶忙打电话报告警备司令部，参谋处处

上海虹桥机场

八百壮士 四行仓库铸军魂
——谢晋元和他的战友们

长朱侠立即驱车前往处理。由于蒋介石曾明令要避免与日军发生小规模冲突，上海市府和警备司令部此时必须想方设法周全应付。

布置妥当后，一方面，俞鸿钧向南京军事委员会报称"虹桥机场事件"系由两名日军越警戒线闯入机场，不听制止反而向机场守备部队开枪而遭还击毙命；另一方面，警备司令部情报科科长钟桓打电话给日本领事馆，询问其下午有无军人乘车外出进入华界，日方答称没有此事，钟桓要求其详查。半小时后，日方仍未查清，钟桓就问及大山勇夫其人。日方才着了慌，连忙乘车到警备司令部了解情况，并称大山嗜酒，可能因为喝醉而私自外出。钟桓则坚持认为是日方违约，故意派人前来滋事挑衅，并告之大山已经酿成大祸，还说由于天色已晚，等第二天再共同处理。日方欲打听出事地点及具体经过，被钟桓婉拒，日方理亏，只好回去等待。而当警备司令部与日本军方人员共同派人到虹桥机场大门口验看时，发生了提交法警检验的问题，中国方面要求交上海法院法警检验，日本方面要求交租界外国法警检验。关于尸检的具体情况，据时任《大公报》记者的杨纪回忆：

10日晚上，上海法医研究所所长孙揆方博士到报馆来告诉我，日军的两具尸体已被日方领回，被日军击毙的保安队士兵时景哲的尸体，市政府已交给他解剖，要证明是被杀的。第二天上午，我赶到真如的法医研究所时，已经有两个日本海军陆战队的军官和两个穿西装的日本人站在解剖室里。手术台上躺着一具尸体，背部有两个小洞，是手枪一类的兵器打的。法医们每当工作告一段落时，4个日本人总是摇头，表示很不相信的样子。……晚上，孙博士又到报馆来告诉我，关于解剖尸体和踏勘现场的情况，市政府都不准发表。

11日下午4时，经共同调查后，上海市政府、淞沪警备司令部、日本领事馆、日本海军陆战队军司令部4方在市府开会谈判。由于怀疑中国方面被打死的保安队队员有替身的嫌疑，日本驻上海领事冈本季正态度强硬地要求中国方面"撤退各街道上一切中国军队"。市府翻译不大懂军事术语，译为"防守部队"，而毕业于日本士官学校、精通日语及军事的警备司令部副官陈毅则译为"防御工事"。这一句关系重大，陈毅不敢坚持，最后只好以市府翻译的为准，向南京上报。会后，中国方面一边将沙袋和铁丝网撤除，离日侨较近的保安队步哨也于虹桥机场事件当晚稍稍后撤，一边进行应战准备。

南京政府接到报告，感到日方要求无法接受。而日本驻上海第3舰队司令长谷川清在10日确认大山两人被打死后，即命在日本佐世保的海军部队赶往上海，并于次日到达。11日，南京政府听闻日军第2舰队来沪，加上谈判无果，为防患于未然、保卫淞沪重地、争取国际干预、策应华北战场、争取战争主动权，决心围攻上海，主动开辟华东抗日第二战场。为此，南京统帅部于11日晚上9时电话命令张治中将全军推进至上海附近。张治中的军队即连夜开进，于次日晨进入上海市区。13日，两军前哨部队抢占有利地形时在八字桥遭遇，易谨营长向日军射出了第一枪。14日，淞沪大战正式爆发。

消息传到南京蒋介石那里，连一贯主张对日本"退让"的蒋介石也认为："日本人也太不讲面子了。"他紧闭房门，静静思考着这几年对日本人的退让。1931年"九一八"事变，东北军不抵抗撤出关外，日本兵侵占了东三省；1932年"一·二八"事变，他允许日本在上海驻扎军队，为此他调换了坚持抗战的十九路军，受到万民所

中国官兵守卫八字桥

指；1933年，又是他命令停止长城抗战，长城以北事实上让给了日本；1934年、1935年……就是上个月，他提出"希望由和平解决卢事"的战略，致使北平沦陷，没想到日本人还想要首都南京的门户——上海。想到这里，蒋介石出了一身冷汗。不能再退了，不能答应日本要求。

其实，答应也是徒劳的，日本帝国主义已磨刀霍霍，下令驻沪海军陆战队及日侨义勇军备战，派30余艘日舰集结吴淞口，陆军迅速在地面向上海方面调动，飞机在空中盘旋侦察。

既然战争已是上箭之弓，必然爆发，就需作备战准备。国民党政府任命张治中将军为京沪警备司令，主持京沪分区防御设施计划，构筑苏州——福山，无

日援军两个师团到沪

八百壮士 四行仓库铸军魂

——谢晋元和他的战友们

锡—江阴和嘉兴—乍浦的永久性国防工事。8月11日晚，88师奉命星夜出师，从无锡秘密开赴上海真如，进入闸北、虹口一带设防。

8月13日晨，日本侵略军以租界和黄浦江的日舰为基地，向闸北一带炮击，同时，在宝山路开始用坦克作试探性进攻。上午9时，日本海军陆战队以小队为单位负责，跨过铁路，向88师524团1营驻地进攻，中国军队奋勇还击，淞沪抗战的熊熊烈火开始燃烧起来了。

战前，日寇夸下海口："3天占领上海""半年灭亡中国"。没想到，上海周围就抵抗了3个月。

这是一场血战。

日本侵略者凭借武器精良，气焰嚣张。

中国军队在上海各界群众和全国人民热烈支持下，浴血奋战，顽强杀敌，以重大牺牲为代价，消灭日军4万余人。

9月7日，宝山陷落。10月25日，日军突破大场防线，切断闸北、江湾中国军队的后路。晚上9时，闸北被炮火点燃，浓烟弥漫，火光冲天，整个上海几乎被火包围，烧成一团火球。

八百壮士　驻守四行

到1937年10月26日国民革命军在上海闸北区的抵抗日渐艰难。中华民国军事委员会委员长蒋介石命令该区所有军队撤出，以防卫上海西部郊区。在火光中，中国军队奉令从闸北、江湾、浏河向西撤退。

同时，蒋介石命令第3战区代理司令长官顾祝同让精锐的第88师单独留守。这样做一是为了拖延日军进攻速度，二是为了向国际社会表明中国在抵抗日本侵略战争上的坚决态度，并以此赢得国际社会的支持。此时九国公约签字国正好将于当年11月6日召开会议。顾祝同本人出于个人感情并不愿意让第88师留守，因为他曾是第2师（第88师整编前的番号）的指挥官。

10月26日晨，安扎在四行仓库里的88师司令部电话铃急促地响了起来，师长孙元良拿起话筒，电话是第3战区最高副司令长官顾祝同（蒋介石兼任司令长官）打来的。他指出："大场失陷，我们必须调整态势，向西撤离，但国际联盟11月初要在日内瓦开会，会上将接受我们控诉，将讨论如何制止日军的侵略行为，所以委员长想让你们88师留在闸北，死守上海，唤起友邦同情，你的意见怎么样?"

淞沪会战场景

早在"一·二八"抗战中已经成名的孙元良师长考虑一会说:"我不同意,88师抗敌士气固然很高,但是,如果我们孤立留在上海,激战之后,干部伤亡了,联络隔绝了。在组织解体、粮弹不继、混乱而无指挥的状态之下,被敌军任意屠杀,很不值得。"

"那么,怎么完成委员长的部署呢?"

之后孙又将自己的参谋长张柏亭派到离前线20公里的顾祝同的司令部反复协商。

"部下的想法是,委员长训示目的是要强调日本军阀的侵略行为,这样就不必硬性规定留多少兵力,我认为最多留一个团的兵力,固守一两个据点,也就够了。"

"好,就照你的意思办,一定要选择一个能征善战、智勇双全的领导带领。"

张柏亭回到第88师师部四行仓库后,孙元良决定，就以四行仓库作为固守据点，但觉得一团兵力仍然过多，在最后撤离之前，又决定只留一个加强营就够了。于是就以第524团第1营为基干，配属必要的特种部队，组成了一个400多人的加强营。由中校团附谢晋元、少校团附上官志标，和少校营长杨瑞符率领。

国民革命军第88师第五二四团，团长，陆军中校谢晋元；团附，陆军少校上官志标。

1营，第524团一营长，陆军少校杨瑞符；1连，1营一连长，陆军上尉陶杏春；2连，1营一连长，陆军上尉邓英；3连，1营一连长，陆军上尉石美豪（负伤），连长，陆军上尉唐棣；机枪连，1营一连长，陆军上尉雷雄。总兵力423人，当退出四行仓库是还剩358人。

第1营作为一支加强营最初有接近800人，但经整个淞沪会战的消耗到该次战斗前包括军官只有423人（另一种说法453人）。而在部队从北站转移到四行仓库的过程中人数又降为414人。经过两个月的艰苦战斗损失了大量原经过德式训练的士兵，通过5次兵员补充此时的士兵大多为原周围省份的驻军。他们大多来自湖北驻军第五团第1营。湖北方面不愿意将他们原用于同共产党作战的训练的最好的军队送到上海。

因此被送到上海的都是些在7月7日战争爆发后招募的尚未完成训练的新兵。为迷惑日军中国军队当时在其正式通讯中用"524团"代替"第1营"，让日军以为有一个团防守四行仓库。

该团每人装备一支中国仿造Gewehr88或Gewehr98式步枪300发8毫米毛瑟子弹，两箱手榴弹，一顶德制M1935式头盔，一副防毒面具及食物袋。守军共装备有27挺轻机枪，大部分为ZB26式轻机枪（布伦式轻机枪），接近每址一挺。4挺24式水冷马克沁机枪，以及一个迫击炮排。

10月26日晚10点，驻扎与上海北站的第524团接到命令要求撤回位于四行仓库的师部。第1营营长杨瑞符面对这条要求其撤出已坚守两个多月的阵地的命令一开始难以接受，但在得知孙元良是让第1营防守四行仓库后便同意撤退。

谢晋元，字中民，1905年4月26日生于广东蕉岭县同福乡尖坑村一个贫苦农民的家庭里。父亲谢发香，为人忠厚老实，勤劳俭朴，务农为业，也曾经营过小本买卖。母亲是贫苦渔民的女儿。在那个所谓"多子多福"的年代，为改变家境的贫困状况，父母想到的唯一办法，就是多生子女，结果一气生了11个孩子。谢晋元排行第五，有1个哥哥，9个姐妹。越生越穷，没办法只好把妹妹们从小送给别人。哥哥走上当时南粤人谋生之路，漂洋过海，流落南洋。谁知，那里也不是处处有黄金的人间乐园，哥哥贫病交加，客气异乡。

也许是重男轻女传统观念作祟，也许是"书中自有黄金屋"的诱惑，总之，尽管家境贫寒，父母还是东拼西凑借了钱把谢晋元送进了学堂。

生活的艰辛塑造了谢晋元刚毅、勇敢、忠厚憨直的性格。他自知家贫，上学不易，读书非常刻苦认真，在家乡育民学校和三圳公学读"人之初""增广贤文"等古书，看几遍就能背诵自如，深得老师和同学们的赞扬。由于学习成绩优异，他考入梅县省立第五中学。

谢晋元考入五中，就像"山窝里飞出金凤凰"，给

八百壮士 四行仓库铸军魂
——谢晋元和他的战友们

整个尖坑村增添了光彩。乡亲们都夸谢晋元父母好福气，生了这么一个聪明的儿子。父母非常自豪，在临行前一天的晚上，全家庆贺一番，一向不爱说话的父亲嘱咐晋元："要好好学习，将来出人头地，光宗耀祖。"

第二天，谢晋元背着米，拿着仅够交月费的钱，带着父母的重托和乡亲们的期望上了路，沿着崎岖蜿蜒的山路一步一步向梅县走去，开始他的人生征程。

在五中，他除了读懂背会学校老师教的书之外，还广泛涉阅了《水浒》《史记》《列国志》和孙中山的一些著作。随着年龄的增长，视野不断扩大，他逐步开始关心国家兴衰，向往社会进步和国家富强，他背诵屈原的"长太息以掩涕兮，哀民生之多艰"，"愿遥起而横奔兮，览民尤以自锁"等诗句以自勉；他喜爱文天祥"人生自古谁无死，留取丹心照汗青"的著名诗句，他更敬重岳飞"精忠报国"的行为，认为做人就应当"临大节而不辱，处危难能自若"。

辛亥革命推翻了腐朽没落的清王朝的统治，给人们带来了振兴中华的希望。新的希望燃烧在谢晋元的心底，他离别父母，来到向往已久革命如火如荼的广州，报考中山大学预科，以优异成绩被录取了。

辛亥革命的胜利果实被袁世凯窃取后，20世纪20年代初的中国，军阀混战，政治腐败，民不聊生，帝国主义骄横恣肆，欺压屠杀中国人民。这一切，谢晋元看在眼里，痛在心上，他愤然提笔写下：

河山破碎实堪伤，

休作庸夫恋故乡。

投笔愿从班定远，

千秋青史尚留名。

1925年12月，中山大学预科还未毕业的谢晋元，毅然投笔从戎，考入黄埔军校第四期，初入步兵科，后转政治科。在黄埔军校学习期间，谢晋元潜心钻研军事知识，认真学习政治理论。他特别喜欢听政治部主任周恩来的报告，非常敬仰周恩来的人品，他常对人说："周主任为人师表，乃做人之楷模也。"

1926年，国民政府为统一中国，决定北伐，声讨吴佩孚、孙传芳、张作霖。谢晋元在黄埔军校学习不到一年，就被派往国民革命军第一师任排长，开始了真正的戎马生涯。

谢晋元故居

他作战勇敢，屡建奇功。谢晋元到达部队时，叶挺独立团已攻克武昌，挫败吴佩孚部队的主力。第一师隶属东路军，向盘踞苏、皖、浙、闽、赣五省的军阀孙传芳进攻。龙游之战，他以初生牛犊不怕虎的勇气，身先士卒，英勇作战。桐庐之役，他率领士兵，在当地老乡带领下，从山岭间迂回攀登，出其不意，发起攻击，打得敌人措手不及，丢盔卸甲，狼狈逃窜。龙潭总决战，他率部冲入敌阵，与敌人白刃相搏，杀声震天，敌人溃败，……他因功勋卓著，很快被提升为上尉连长。他所在部队驻扎上海闸北。

谢晋元素有民族正义感，他不甘做亡国奴，率部痛击日本侵略军。1928年1月，国民党南京政府决定再次北伐，谢晋元随军渡江北上，声讨张作霖。4月，大军进入济南。当时，日本帝国主义为了插手中国，扶持奉系张作霖，抢先派兵占领了济南，杀伤中国军兵万余人，制造了震惊中外的济南惨案。蒋介石的南京国民政府为了扩大自己权力，置人民和国家于水火而不顾，对外投降帝国主义，出卖民族利益，成为帝国主义对中国进行统治的新工具。面对日军残暴行径，竟命令中国军队：对于日本人，绝对不开枪，为救一日人，虽杀十人亦可，若遇有事时，日本要求枪支，即以枪支与亡，要求捕捉俘虏，即听其捕捉俘虏……

谢晋元难以理解如此卖国命令，他对将士们讲："自古道，'国家兴亡，匹夫有责'，日军昨天在我们眼皮底下制造'济南惨案'，咱们是军人，能眼看着外国人侮我同胞，掠我土地吗？长此下去，咱们还有何面目当兵吃粮，去见家乡父老？"战士们群情振奋，义愤填膺，决定以七尺之躯，与日本侵略者拼个你死我活。

　　日本人又来挑衅，谢晋元率部奋起还击，虽自己数处负伤，仍不下火线，攘臂而起，打得日寇败入城内。济南百姓无不拍手称快。战后，谢晋元被送入医院，伤愈后先后调任机关枪营少校营长和武汉要塞司令部参谋等职。

　　1930年，谢晋元调到十九路军蔡廷锴部，驻扎沪淞。1931年，日本帝国主义制造"九一八"事件，侵占东北。1932年1月28日，又在上海挑起事端，派出30余艘军舰，40多架飞机，6000多名海军陆战队队员，在1月28日晚向闸北一带进攻。国民党十九路军在全国人民抗日高潮的推动下，在蒋光鼐、蔡廷锴指挥下奋起抵抗，决定"为救国守土而抵抗，虽牺牲至一卒一弹，决不退缩"。谢晋元参加了这场彪炳史册的上海保卫战。

　　战后，他被派往庐山军官训练团学习。此时，黑云压城，平津危机、华北危机、中华民族危机……日本帝国主义不断挑起事端，占我国领土。国民党反动派妥协退让，中国前途已成为人们议论的焦点。一次，一名学员认为："中国武器落后战必亡，不战也亡。"谢晋元拍案而起，大骂："亡国奴，岂能长别人志气，灭自己威风。中国的前途关键还是看中国政府的态度，如果我们避免内战，中华民族团结起来，共同御外，一定能打败日本侵略者。"

1934年，庐山学习结束，谢晋元到88师任少校营长。不久88师移驻四川涪陵，他升任团副。他知道日本侵略战争必须爆发，在驻防四川一年多时间里，他严格训练军队，并常对战士们讲："我死也不信，这么大的中国，就注定要亡于小小的日本，这么多的中国人，就注定要当亡国奴。"

忠孝不能两全，为了国家，谢晋元难顾家。1936年日本帝国主义加快侵略步伐，把魔爪伸向华北腹地，形势日趋紧张。谢晋元所在部队从四川万县开赴无锡一带驻防，他任88师262旅旅部中校参谋主任。为了随时开赴前线杀敌，谢晋元多次劝说住在上海龙华镇的妻子凌维诚回广东原籍。他对有孕在身的妻子说："生为人，就要效忠国家，为社会做一些事，谋些大众的幸福，岂能被夫妻朝朝暮暮所累。"贤淑开明的妻子含着泪水同意了。

谢晋元自觉欠妻子太多了，他亲自把妻子护送回乡，顺便看望父母。小住几日，匆匆而别，这也是他最后一次回乡。在离开广东回部队前，他对妻子说："半壁河山，日遭蚕食，亡国灭种之祸，发之他人，决定操之在我，一不留心，子孙无遗类矣，为国杀敌是革命军人之夙愿也，职责所在，为国家不能顾家。"返回部队后，谢晋元担任学生军训大队长，指挥部队严格训练，以侵占上海的日本海军陆战队为假想敌人，积极进行侦察、演习等备战活动。

　　妻子回到老家后，过着艰辛的生活，白天跟着年迈的婆婆翻山越岭干农活，晚上，在灯下为幼儿弱女缝补衣衫。这与当时国民党军官太太奢侈糜烂的生活形成鲜明对照，生活重担曾使凌维诚痛苦、彷徨。谢晋元来信劝解："家里的人以为我在外面和仙人一样的快活，所以'乐不思蜀'了，实则人间地狱的生活，我这一身都全尝试过了。……眼下，日寇更加疯狂、野蛮地屠杀中国人民，无数城市和乡村变成废墟，无数居民被杀害侮辱，惨不忍睹，国危在旦夕……你知道我是个军人，要以民族、国家为重；没有国，哪有我们的家。还是那句老话，含辛茹苦，以待光明。虽说我同你和孩子天南地北两分离，但时刻都把你们牵挂。你们责备、怨恨，使我更加勇猛杀敌。待全歼倭寇，定返乡里接你回沪。"

肺腑之言，拳拳爱心，溢于言表。

谢晋元就是这样一位学习刻苦，打仗勇敢，为了祖国不顾家，为了民族可抛头颅的中华男儿。

第88师师长孙元良（中）、副师长冯圣法（右）、参谋长陈素农（左）

淞沪抗战以来，他一直率领部队主守上海北站，抗敌两个多月。大场失陷，他正在指挥部队掩护大部队撤离。此时，谢晋元被招到司令部，他觉得师长肯定又要给重要任务。

一进孙元良指挥所，孙元良师长急忙拿出慰问团送来的饼干，倒了茶水，招待这位爱将。

"七十多天了，累了吧"。孙师长关切地问。

"为国尽忠，不能说累，有任务吗？"谢晋元问。

"当然有任务。'八一三'抗战，你们是最先到的，现在部队要转移，要你们最后走，掩护部队，现命令你带领一个营，以第一营为基干，组成加强营，留守上海，有困难吗？"

"服从命令，完成任务，只要弹药……"

话未完，孙元良紧紧握住谢晋元的手说："我的好同志，你们与敌人做最后一拼吧。"这时紧张的空气弥漫着整个房间。谢晋元与孙元良挥泪握别。

　　回到部队，谢晋元立即与第一营营长商量具体措施，并派传令兵分头通知各连，要求以连为单位，在宝山路、虹江路一线，猛烈阻击敌人，按命令边打边撤，每挺机枪打完一梭子弹，同时扔出一批手榴弹，借助火力，迅速转移一个阵地，在激烈的枪林弹雨中，敌追兵遭到突然阻止，晕头转向，不知我军虚实，不敢贸然前进。

　　27日凌晨2时，全营全部集中到四行仓库，共425人。谢晋元命令第三连派出两个班，由蒋敬班长带领，分组监视北站方向的敌人。而后他们大家集中起来，望着战士们，慷慨激昂地说："我们奉命掩护大军撤退并据守四行仓库。国家兴亡，匹夫有责。我们是中国人，要有中国人的志气，现在我们四面被日军包围，仓库现在是上海唯一属于中国军人守卫的一块国土。这就是我们的根据地，也可能是我们的坟墓，只要我们还有一个人，就要同敌人拼到底。大家可以很简单地写遗书一封，通知家。现在寄不出，将来有机会发出。"至此，开始谱写在中国抗战史中一幕惊天地泣鬼神的八百壮守四行的壮歌。

英勇抗敌　彪炳史册

四行仓库是位于上海闸北区苏州河西岸的一座混凝土建筑，在新垃圾桥西北沿，是四间银行——金城、中南、大陆、盐业共同出资建设的仓库，所以称为"四行"，建于1931年，占地0.3公顷，建筑面积2万平方米，屋宽64米，深54米，高25米，是该地区最高的建筑。由于先前被当作第88师师部，因此仓库中贮存了大量食物、救护用品及弹药。

四行仓库这是一座六层钢筋水泥建筑物，仓库的西边和北边都是中国地界，已被日军占领；东边是西藏路，属公共租界，日军有兵力驻防；南边苏州河，过河就是公共租界。四行仓库实际上成了一座孤岛，与未被日军占领的华界完全隔断。西藏路有桥通到苏州河北，桥北堍筑有碉堡一座，由英军驻守。仓库的东南角有一座烟纸店的楼房。谢晋元命令士兵从地下挖一下洞，与烟纸店相通，把烟纸店门外堆满了沙包，只在楼上留了一个窗口，这个窗口的对面就是西藏路桥北堍的碉堡，彼此可以通话，这是四行仓库对外联络的唯一通口。

10月26日当晚各连分批穿过前线，杨瑞符命令一

如今的四行仓库

抗战爆发前的四行仓库

连去四行仓库自己带领二连前进。而三连、机枪连和一连第三排的士兵无法联络。直到第二日他们才到达四行仓库，他们是随大部队在撤退途中才得到一营留守四行仓库的消息后赶到的。他们的这种志愿参加"自杀行动"的精神被蒋介石称为英勇行为的典范。

谢晋元部队进驻四行仓库后，忙着修筑工事。他们用仓库储存的物资和沙包将底层门窗全部堵死，二楼以上窗口堵死一半，以利投弹射击，一、二、三层楼，均沿墙砌有1米厚的麻包。同时切断大楼电源，以便部队隐蔽，并防止敌人利用电线纵火。第一连占领西藏路阵地，第三连占领左翼阵地，第二连在中央，担任四行仓库外围之守备，机关枪连布置两挺机关枪到仓库顶担任防空，其余分配给第一连和第三连的重要位置。谢晋元还抽调一批勇士组成敢死队，亲自率

八百壮士 四行仓库铸军魂
——谢晋元和他的战友们

领，以防万一。各队造好名册，以便牺牲后按名册上报，优抚家属。仓库里粮食有几千包，足够食用。为了防止断水，他们把一切盛水的工具都装满了水，不准洗脸、洗脚。一切准备妥当，已近天亮。

守军用仓库内的沙袋、装玉米、大豆和其他货物的麻袋构筑工事。并将楼内电灯全部破坏以便隐蔽，焚烧四行仓库周围房屋。

27日拂晓时分，警戒闸北蒙古路士兵发现北站大楼也插上太阳旗。谢晋元登楼瞭望自己坚守两个多月的北站，落入敌手，心如刀绞，更觉守四行任务艰巨。

10月27日上午8时，日军发现仓库大楼内的中国守军便调集部队，由东向西蜂拥而至。谢晋元一声令下，楼内所有武器一齐开火，敌人死伤数十人，暂时后退。10时左右，日军发起了第二次进攻。谢晋元命令停止射击，等日军冲到近前时，指挥官兵用集束手榴弹迎击，炸得鬼子鬼哭狼嚎。下午1时，日军先在大楼西北角纵火，烧着附近民房，霎时浓烟滚滚，然后借烟雾掩护再次发起攻击。谢晋元指挥部下一面阻击敌人，一面打开仓库内灭火龙头熄火，日军阴谋未能得逞。

战斗间隙，谢晋元命全体官兵每人写下一封遗书，自己也写了一封，写完他对全体官兵说："我们是中华民族的子孙，志士仁人，无求生以害仁，有杀身以成仁。我们存在一天，决与倭寇拼命到底。"

此时，几千日本鬼子已像蚂蚁一样向四行仓库包围过来。日军虽有坦克，但这里工事坚固，坦克冲不垮；日军虽有飞机，但这里紧靠租界，日机不敢投弹轰炸，恐怕误炸租界，引起国际事端。甚至连远程大炮也不敢施放，只好用轻型炮火乱轰一阵，见守军还击枪声稀疏，恼羞成怒，就到处放火，把靠近四行仓库的房子都烧了。熊熊的烈火烧毁了中国人的房屋，烧红了中国人不甘当奴隶的心火。

日寇从四面八方蜂拥而上，企图用他们的嚣张气焰压垮八百壮士的意志。壮士们守在各自的岗位上，从头再来，把着27挺轻机枪、两挺重机枪、两挺高射机枪，居高临下撒开了一片火网。日本鬼子丢下了几十具尸体退了回去。

被俘获的日本兵

日寇不甘心失败，重整旗鼓，一次更凶恶的进攻又开始了。日本军官驱赶着密集的人群向着这座钢筋水泥的六层大厦攻来。谢晋元挥舞战

刀高喊："将士们，我们是中华民族的子孙，志士仁人无求生以害仁，有杀身以成仁！"八百壮

日军阵地

士愈战愈勇，人人无偷生之念，破釜沉舟，奋勇向前。数十名将士登上楼顶投弹，一颗颗手榴弹在敌群中间开花。但敌军越来越多，这时惹恼了一位勇士，他在腰上插满了手榴弹，拉开导火线，从四楼窗口纵身一跃，落在敌人群里，一声巨响，他与一群敌人同归于尽了。苏州河南岸的中国人大喊了一声"万岁"，默默地为他摘帽致哀。

第一天战斗，共击毙日军80余名，伤敌无数。

28日上午8时，日军发起第四次进攻。敌机一队一队盘旋在四行仓库上空，侦察威胁，企图投弹，但大楼顶部设有高射机枪阵地，敌机不敢低飞，高空投弹，又恐误炸英租界，投鼠忌器，转来转去还是不敢扔弹。重炮轰击也不可行，只好仍派步兵攻击。日军虽然有"武士道"精神，但离开了飞机大炮就变得一

无是处了，优势顿时变成劣势，守军居高临下一顿猛扫，日军丢盔弃甲，第四次进攻被打退。

上午 10 时开始，敌人用小钢炮向四行仓库发射炮弹三千余发，轰炸两个多小时。而后敌人几十挺轻重机枪从三面向仓库扫射。

敌人轰炸仓库时，壮士们守在各自岗位上，手里抓着手榴弹，打开盖，手指上套住了拉环，严阵以待。敌人的射击一停止，硝烟散去，500 多个敌人拱了上来，战士们将手榴弹投向了敌群，烟火吞没了他们。

战场上沉寂了两个多小时，八百壮士调整了部署，修补了工事，补充了弹药。而后擦了擦血汗，喝点水吃些干粮，有的还休息一会，养精蓄锐。谢晋元和杨瑞符巡视了全楼。

午后3时，敌人又发动了新的进攻。日军在仓库西北面运来几门平射炮，隐蔽放射，楼内的机枪立即射向敌人。与此同时，日军在交通银行屋顶上架设机枪还击，火力十分猛烈。谢晋元与几位官长分头指挥作战，与敌相持到5时，日军消耗弹药甚多，守军略有伤亡。不久，敌人炮弹的火力和机枪的火力更加猛烈，还出动了飞机，在四行仓库上面寻机轰炸。敌人改变了以前的打法，采用了梯形重叠攻击方式：每次每面用三个小队，每小队相距50米，第一小队垮了，第二小队补上去，第二小队也垮了，第三小队再补上去。第一梯队被打垮了，第二个重叠梯队又攻上来了，马上展开了一幕惨烈的血战，杀声震天，硝烟弥漫，戈戟交加，血肉横飞，日月无光，天昏地暗。三连连长石美豪面部被子弹戳穿，血淋满面，用手巾敷着，不离阵地，腿部又中一弹，趴下投掷手榴弹，终于将敌人打退了。

谢晋元率孤军死守四行仓库抗击日本侵略军的壮举激励着上海市民，全市人民无不肃然起敬，同声称赞他们为"八百壮士""八百勇士"。每天，有数以万计的男女老少、工农学商成群结队地聚集在苏州河南岸观看。附近马路、里弄和大厦屋顶、窗口都有人瞭望。中国共产党领导的职业界救亡协会、文化界救亡协会、海关华员战时服务团及各社会团体、居民，接济、慰劳的终日不绝。百克路（今凤阳路）、北京路、贵州路、牯岭路、长沙路等马路的里弄居民以及有的难民收容所，绝食一天或半天，以接济孤军。苏州河南各马路口，接济孤军的食品堆积如山，只是苦于交通阻碍，输入十分困难，唯一的一条通道是那个烟纸店的墙洞，由参加战地服务队的童子军输送到仓库。

谢晋元率孤军守四行的壮举震撼了世界。许多外国人竖起大拇指，说："中国人真是这个的。"一位法兰西妇女送来了物品，一位英籍老人拿出食物……一位美国记者冒死跑进仓库，采访谢晋元和营长杨瑞符，问四行仓库守军有多少人，为壮声势，迷惑敌人，谢晋元回答：800人。这便成为八百壮士的来历。最后，杨营长在记者的笔记本上写下嘱托："剩一兵一卒誓为中华民族争人格。"

谢晋元率孤军守四行仓库也吓坏了租界里的英国驻军。他们唯恐危及租界安全，多次婉言劝说孤军卸去武装，退入租界，并答应保证孤军的生命安全。谢晋元毅然拒绝，并说："我们是中国军人，宁愿战死在闸北这块领土之内，也决不放弃杀敌的责任。我们的魂可以离开我们的身，枪不能离开我们的手，没有命令，死也不退。"豪壮的语言，令英军自愧，不得不佩服："勇敢的中国敢死队员。"

敌人的进攻被打退了。谢晋元怀着满腔心事登上六楼，他走到楼的一角，向下观看，只见一片漆黑的焦土，往东西北看，处处挂着日本国旗，一阵子心酸，低下头来。不行，在中国将士手中的四行仓库，应飘扬一面代表中华民族豪气的中国国旗。想到这里，他扬起头，疾步向楼下走去。

28日天色已晚，日军退去。当天晚上，仓库里需要用国旗的消息传到上海女童子军那里。上海童子军战地服务团第41号14岁的女童子军杨惠敏心里十分不平。夜晚，她将一面新制的大国旗紧紧缠在身上，外面再罩上制服，利用夜幕的掩护，跑一阵，爬一阵，向大楼靠近。她跳

上海市民为四行仓库展示助威

上海童子军正在搬运送给坚守四行仓库中国守军的物资

进苏州河，为了不使水面浪花波动暴露目标，她屏息潜游泅渡，游啊、游啊，终于游到我守军阵地。早知送旗消息的谢晋元等在苏州河边，一看到她，就急忙抓住她。她把国旗解开，将浸湿的国旗双手交给这位

上海童子军战地服务团第41号女童子军杨慧敏

中华民族的骄子。

　　谢晋元立即吩咐准备升旗，因为屋顶没有旗杆，便临时用两根竹竿连接扎成旗杆。当曙色微露的凌晨4时，楼顶平台上站立了十几个官兵，面对升起的国旗，举手敬礼。没有音乐，没有排场，只有一两声冷枪声，更增添了庄严神圣肃穆的气氛。仪式结束，谢晋元亲自送杨惠敏返回。当杨惠敏冒着枪弹冲过马路，跃入苏州河时，苏州河畔租界区站满了人，纷纷向四行仓库屋顶迎风招展的国旗欢呼，向孤军守卫仓库的勇士们表达敬意。在日本飞机和日军炮火的弹雨中，中国的国旗象征着刚强不屈的民族精神！

　　这旗独立在日本太阳旗的旗群里，显示了中华民族的凌云壮志，它激荡着上海人民的火热之心，苏州河南岸，欢声雷动，"中华民族万岁"之声，直冲云霄。

　　苏州河北岸四行仓库里响起了雄壮的国歌。苏州河南岸的中国人不约而同地跟着唱起来，像召开了一场祝捷大会。公共租界上的外国人曾听说过法国人《马赛曲》震撼桥梁的事。今天，他们真的听见了中国军民合唱的震撼天地的战斗强音。

　　谢晋元心潮起伏，他奋笔疾书，写下气壮山河的诗句：

勇敢杀敌八百兵，

抗敌豪情似诗鸣。

谁怜爱国千行泪，

说到倭奴气不平。

　　10月29日，日军竟宣称已经全部占领苏州河以北地区，可是这一天市民一早出门，突然看到四行仓库楼顶上飘扬着中国国旗！上海市民欢声雀跃。因为自从中国军队撤离后，上海浓烟翻滚的天空中，就只能看到租界的英国米字旗、美国星条旗、白俄三色旗和日占区的太阳旗了。

　　三天前，与日军苦战了75天的中国军队，就像他们来上海时一样，一夜就消失了。占领上海后的日军先是推倒了孙中山的塑像，继而到处悬挂太阳旗——中国人形象地称之为"膏药"旗——中国报纸称之为"被正义的子弹打穿的一个血洞"的旗帜。

　　同日，日军以坦克为先导，大批步兵再次扑向四行仓库。谢晋元命战士们节约弹药，镇定待战。当日军逼近大楼时，突然施行齐射，并迅速投掷手榴弹，一时间，喊杀声、枪炮声震耳欲聋，日军死伤甚多。守在6楼窗口的一等兵石先达看到二三十个日军已接近仓库，便取出4颗手榴弹，扭开盖子，左手把手榴弹抱在胸前，右手拉着绳环，在日军接近楼下窗口时，从楼上窗口纵身跃出，与敌同归于尽。

当天晚上，谢晋元给师长孙元良写信，报告几天的战况及自己的决心：

> 元良师长钧鉴：窃职以牺牲的决心，谨遵钧座意旨，奋斗到底。在未完全达成任务前，绝不轻率怠忽，成功成仁。工事经三日夜加强，业已达到预定程度。任敌来攻，定不得逞。27日敌军再次来攻，结果，据瞭望哨兵报告，毙敌在8人以上。28日晨6时许，职亲手狙敌，毙敌2名。河南岸同胞望见，咸拍掌欢呼。现职决心待任务完成，作壮烈牺牲！一切祈释钧念。
>
> 职谢晋元上
> 29日午前10时于四行仓库

孙元良当即给谢晋元回信一封，赞扬壮士英勇抵抗之精神"实开震天动地之历史伟绩。我黄帝亿兆子孙，全世界千百万后世人，必以血诚读此史页"。

30日，屡遭惨败的日军，恼羞成怒，又一次发起进攻，在邻近楼顶上架起机枪并疯狂扫射，又在国庆路设炮十余几瞄准射击，步兵分两路，实施夹攻。不断以3寸口径平射炮猛轰仓库，密集时竟达每秒一发，隆隆之声，不绝于耳，并以汽油浇洒，到处纵火，更凶狠地发射毒瓦斯弹，完全不顾国际公法，致守军数人中毒受伤。日军扬言说："将不顾一切后果，采取极端手段，对付中国守军。"

下午3时，日寇仍攻不下四行仓库，便想将四行仓库西面的苏州河水面封锁起来。满载日本武装部队的两艘汽艇，穿过了浙江路桥，驶向西藏路桥，八百壮士的后路被切断。但谢晋元率部顽强抵抗，勇猛打击敌人。战斗一直持续到晚上，日军始终未能靠近大楼。

坚守四行仓库的中国官兵

051

八百壮士 四行仓库铸军魂

——谢晋元和他的战友们

苏州河岸上的中国人着急了。这里虽没有人出来组织，也没有武器装备大家，然而人们被一颗爱国心统一指挥着，苏州河里的成千累万的小木船，自发地从四面八方汇集起来，把一个苏州河面挤满了，使日寇的汽艇无路可走。

谢晋元看到这种情况，便向英军小队长提出了严重警告："如果你们允许日本汽艇开到西藏路桥，为了自卫，我们便向他们射击，不管租界不租界，一切后果，由你方负责。"

日寇看到汽艇无法前进，又看到英军出面交涉，便找到台阶，灰溜溜地退了回去。

战后，国民党原第88师参谋长张柏亭在其回忆文章《淞沪会战纪要》中，这样写谢晋元："世人咸知谢晋元将军——死后为蒋介石追认为少将——为一勇将，殊不知谢将军智谋深远，更是一位有着高度修养的参谋人才……"

"八一三"淞沪抗战中，日军投入的海军力量占其全部海军的一半。打击敌舰，特别是打击敌旗舰"出云"号，成了中国军队的主要目标之一。

身为陆军中校参谋主任的谢晋元，拿出了摧毁"出云"舰的计划——经快速小火轮携特种爆炸物对"出云"舰进行偷袭。

当时的《申报》这样报道了偷袭结果："汇山码头发生大火，谢同志的计划虽未全部达成，但已震撼敌军，其后敌酋不敢再在'出云'舰驻节，而黄浦江内敌舰，也远向杨树浦以东江面移动，舰炮射击一时陷于沉寂……"

淞沪抗战时，对日军造成重创的"铁拳计划"，也是由谢晋元负责细部作业并指挥实施的。张柏亭这样回忆"铁拳计划"："炮兵于拂晓密集射击，虹江路阵地一片火海，烈焰冲天，所有工事与建筑物尽行摧毁，紧接着突击部队适时冲进，毙敌无算，横尸街巷……"

整个淞沪抗战中，谢晋元所在的闸北地区，始终是战线旋回的轴心，88师也因此被日军称为"闸北可恨之敌"。

闸北大场撤退时，许多人建议考虑长期抗战，有秩序退守经营了三年之久的防御阵地。但蒋介石又以国际联盟开会在即，能保持在上海的存在，"可壮国际视听"，要求撤退下来的三军，在毫无思想和军事准备的情况下，在沪西仓促摆开战场。令88师留在闸北，死守上海。

此时的88师已补充过5次，平均每班老兵不足2名，大部分连长战死，"一个团整整齐齐上去，下来

时，只剩下几副伙食担子"。部队已经没有战斗力了。为了落实委员长的指示，88师师长孙元良决定，只留下一个团死守闸北。

"死守上海最后阵地"的命令，迅速地交到了时任88师262旅524团中校团副谢晋元的手上。孙元良要求他们，把指挥所设在88师原司令部"四行仓库"。

四行仓库是四家银行联营的仓库，楼高六层，为当时上海少有的高楼，墙体厚实，日军小钢炮也打不透。该仓库坐落于苏州河边，在公共租界的西北方，与公共租界以铁丝网相隔。英军在其东边设有碉堡，日军在其西、北面设有暗堡。

其实，坚守四行仓库的只有一个营的兵力。该营士兵陈德松在《殊死报国的四行孤军》一文详细记述道："以该团第一营为基干，组成加强营，仍用团番号。全团410人左右，一个机枪连三个步兵连，一个迫击炮排"。

曾进入四行仓库，亲睹八百壮士与敌血战的原国民党军委特务处驻上海办事处处长文强回忆说："（谢晋元）与我且说且走，在仓库内巡视了一周。所到之处，营房布置整洁有序，井然不乱，间闻爱国歌曲，雄壮激越，令人振奋鼓舞。"

唯一不足的是，仓库并不像孙元良师长所说"粮水充足"。部队进驻的第二天，自来水就断了，官兵把污水小便留下来以作灭火之用；没有粮吃，他们只好向租界爱国团体和民众求援。民众偷偷将食品送到仓库边的一个小屋内，再由守卫官兵设法取进去，才保证了供给。

完成使命　奉令撤退

在距离仓库附近的新垃圾桥南塊，有两只巨大的煤气储气罐。日本侵略军遭到惨败，丧心病狂，很可能采取疯狂手段进行报复，万一煤气罐中弹，则半个上海将成火海，中外人士的生命财产会遭到重大损失。为此，公共租界当局多次申请中国政府命令孤军撤出战斗。很多外籍代表也从人道出发向宋美龄提出同样的要求。

八百壮士连日苦战，惊天动地，气壮山河，振奋全国民心，轰动全世界，中国政府认为已达到预定目的，命令孤军撤离。

四行仓库四周东、北、西三面受敌，唯一可以撤离的路线，只有通过苏州河进入租界，到沪西归队。为了保证安全撤离，请来了统一指挥公共租界外国驻军的英军司令史摩莱少将。

31日下午2时，在法租界环龙路，一座豪华而幽静的花园洋房的客厅里，会谈正在进行。88师参谋长张柏亭告诉史摩莱少将："最高统帅已有命令，接受友邦人士善意劝告，命令四行孤军立即撤退。需要指出的是，我们撤退绝不是战败退却，或者逃跑遁走，而是应友邦人士的请求奉命撤离。目前日军正在四行仓库周边，向我孤军围攻，撤离的唯一路线，只有越过苏州河经由租界的沪西归队，首先，要通过贵军警戒线，行动程序必须严密协定。其次，日军在国庆路方向设有机枪阵地并有探照灯封锁着四行后门的北西藏路，行动时须有贵军掩护，方能顺利通过。最后，通过租界时，须有相当交通工具，请准备提供。"史摩莱少将听后马上说："88师呱呱叫，顶好。我的部队与贵师官兵，数日来隔河相望，我们已经是好朋友，四行孤军撤离时，我当全力支持负责掩护他们，你放心吧。"

一切撤退事宜都已谈妥，张柏亭电话通知谢晋元准备撤退，谢晋元非常惊异，激动地说："全体壮士早已立下遗嘱，誓与四行最后阵地共存亡，但求死得有意义，但求死得其所，请参谋长报告师长，转告委员长成全我们。"张柏亭再三劝解开导，八百壮士仍不愿撤离。时间不能再拖了，张柏亭最后坚定地说："你们成仁取义的决心，固然十分令人钦佩，但这是最高统帅的命令，我是命令的传达者，军人应以服从命令为天职，打日本鬼子的机会非此一时，今后可能还会有比坚守四行仓库更重要的使命，等待你们去担当。如果你们违抗命令，那你们的勇敢与牺牲，岂不就是匹夫之勇，无什么意义了。"

谢晋元看到军令难违，只得安排部队撤离。

31日午夜12时左右，准备工作就绪。谢晋元下令撤退。日寇事先似乎知道四行守军要撤退的消息，在探照灯的照明下，用机关枪四挺严密封锁西藏路，弹如雨下，四行孤军用轻重武器，把探照灯打灭，把敌人火力压下去。然后分批撤退，以最快的速度跑到租界地境。30分钟后，谢晋元随最后一批战士进入租界。就是这样，四行孤军伤亡30多人，营长杨瑞符少校腿部中弹。八百壮士顺利撤出四行仓库。

这一场战役，英勇的守军，以数百战士，弹丸之地，抵抗数十倍日军的进攻，坚守仓库四昼夜，毙敌200余人，伤敌无数。守军只牺牲19人，伤33人。

谢晋元率八百壮士浴血苦战四行的事迹，可歌可泣，迅速传遍国内外。各方人士纷纷发表讲话，撰写文章，赞颂谢晋元与八百壮士忠勇爱国的牺牲精神。廖仲恺夫人何香凝致函道："你们每一个人，都已充满了孙总理和廖党代表的革命精神、牺牲精神。殉国的将士，将因为你们而愈伟大；前线的将士，将因为你们而愈英勇；全国同胞，将因为你们而愈团结；国际人士，也将因为你们而愈能主张正义了。"

孙元良师长致函谢晋元说："诸同志能服从命令，

死守据点，誓与闸北共存亡，此种坚忍不拔、临危授命之精神，余与全军同志同致无上之敬意。……我中华亿兆子孙，全世界千百万后世人，必以血诚读此史页。"

公共租界英军司令史摩莱少将说："我们都是经历过欧战的军人，但我从来没有看到过比中国'敢死队'最后保卫闸北更英勇、更壮烈的事。"

一位署名"崇拜者"的外国人投信上海《泰晤士报》热烈歌颂孤军"为中国战士争光荣，为中国主权求保全，为民族生存而奋斗，是为人道而战，为文明而战，为和平而战，全世界的青年人，均知此八百壮士为盖世的英雄。"

孤军的精神极大地感染了民众，也感化了租界的

八百壮士　四行仓库铸军魂

——谢晋元和他的战友们

外国人和外国军队。每天一早，租界民众就爬上高楼顶，看孤军杀敌。发现敌人来袭，就喊话通知孤军。喊话听不到，有人搬来大黑板，哪里有敌人行动，即用大字写在黑板上，并画出敌人的行进图。

一德国妇女感动于孤军的精神，亲自开卡车送来食物，并声称：孤军每天的生活全部由她负责。

谢晋元率八百壮士为全面抗战做出了贡献，国民政府为表扬他们的忠勇功勋，特授荣誉勋章，每人晋升一级，谢晋元由中校团副升为上校团长。

孤军营中殊死报国

就在孤军4个昼夜不曾合眼，边战斗、边修好工事，准备与敌人作长时间的殊死决战时，10月30日，统帅部命令孤军停止战斗，退入公共租界。

原来，日本人见四行仓库久攻不下，恼羞成怒，就转而威胁英租界当局，称如果不采取行动逼走孤军，他们将不顾租界安危，采取极端手段！租界当局闻听此言，又去逼中国政府。

英军当时答应，"负责掩护孤军撤退"，使"孤军由租界到沪西归队"。即八百壮士进入租界后，可向沪西方向转移归队，重新投入战斗。可当孤军冒着日军的枪林弹雨，以与四昼夜血战一般大的代价——死伤30多人——营长杨瑞符就是在撤退时身负重伤的——进入租界时，立即被英军勒令收缴武器。孤军以"军人不能离枪"为由，拒绝缴械，双方形成对峙。这时，国民党政府派人劝说孤军配合英军。可孤军的枪刚交出去，英军就将孤军送到跑马厅，后来又送到胶州路孤军营软禁起来。

这一突然变化又是公共租界工部局屈服于日本威胁的结果，日本见中国军队撤到租界，威胁公共租界工部局，如果准许孤军通过，日军就要开进租界，追击孤军。怯懦的租界工部局害怕了，于是不敢释放孤军归队。

在八百壮士被送往孤军营的路上，崇敬他们的上海

人民，挤在路旁，振臂高呼："打倒日本帝国主义！""抗日英雄万岁！"全体壮士们顿时情绪激昂，宁愿重返四行仓库，继续固守阵地。见此情景，谢晋元悲痛欲绝，因为他知道壮士们可能会陷入黑暗的深渊。

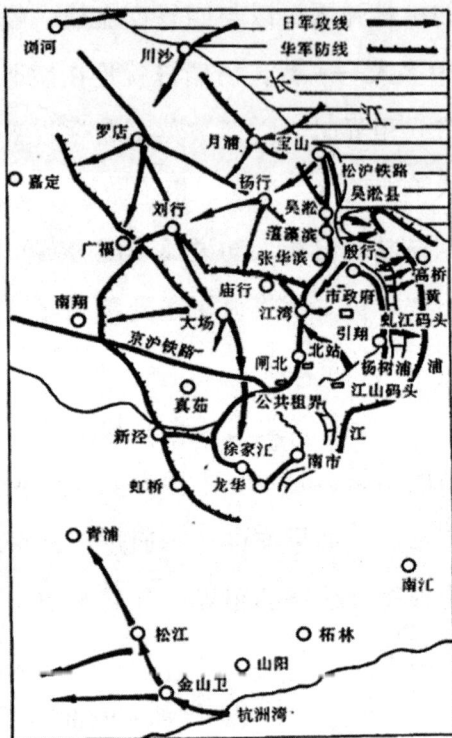

淞沪会战示意图

　　这个所谓的孤军营在当时新加坡路40号（今宋姚路）对过堆垃圾的空地上，占地15亩，地面坑坑洼洼，下雨时满地泥泞，毫无卫生设备，营地四周高架铁丝网，住房十分简陋，大门内有白俄士兵守卫，布满了岗哨。只许谢晋元和壮士们在铁网内活动，不准出大门半步。可见，这个孤军营，实际上是完全失去自由的俘虏集中营。

　　真金不怕火炼，在这样艰苦的环境中，谢晋元意志坚韧，把孤军营当作战场。

谢晋元对全体官兵作精神讲话，他说："在上海租界里，我们的言行，必须使友邦从我们身上看出中国军人之气概，以此认识中国的真正精神。我们的国家是伟大的国家，为国家生存就该牺牲一切。"最后，他勉励大家说，"人皆有一死，有死如草木无声无息者，有死如泰山名垂后世者，极希望大家均能死为泰山之重者……大家要忍受目前的痛苦，坚持斗争去迎接光明来临。"

　　当天，谢晋元接见中外记者时表示："倭寇与我们誓不两立，我们存在一天，一定要与倭寇拼命到底。"

　　就是这样，从1937年11月1日开始，到1941年12月18日，长达4年零1个月又27天，八百壮士一直被羁留在孤军营。如此长期的精神斗争，实际上，比前线官兵在炮火炸弹中浴血作战、慷慨牺牲更为英勇顽强、难能而可贵。他们的斗争是艰苦卓绝、举世无双的。

　　在他们被软禁期间，上海市民经常探访他们并进行文娱表演。军官为士兵开设了多种课程如，外语、数学……共产党宣言的中文译者陈望道也经常到营地探望。士兵继续每日进行军事训练并保持高昂的斗志。

　　日本偷袭珍珠港后，日军占领了上海公共租界，并俘获了这些士兵。他们分别被遣送至杭州、孝陵卫及光华门（南京）做苦役，还有一部分留在南京老虎桥监狱拘押。部分被送至孝陵卫及光华门的士兵于1942年11月逃脱，其中一部分又在重庆重新归队，另一部分就近参加游击队。另外36名

日军入侵上海，大批难民从虹口、闸北地区经外白渡桥逃入租借

官兵被押至新几内亚做苦工。1945年，他们看到日军垂头丧气，整天酗酒，才知道日本战败，反过来把日军抓起来当了俘虏。

在恶劣的环境下，谢晋元率领全体官兵励精图治，准备再报效祖国。他每天按教育、学习、生产、体育等内容安排时间。他带领战士平整场地，建营房，自办伙食，学习技能，开办肥皂、线袜、毛巾等生产工厂。生产收入除补贴生活费外，还捐款数千元，支援

政府作战经费。他组织开展文娱体育活动，练拳、打球、唱歌，召开运动会，并亲自率士兵出操上课，以木枪练习瞄准刺杀，他还督促部下读书识字……

谢晋元严于律己，事事处处为部下作楷模。行动失去自由使他更加刻苦自励，手不释卷地学习，他坚持自学英、法等国语言，从1938年元旦起，直到遇害的前两天（1941年4月22日），连续写了三年多的日记。

在沦陷的上海，孤军营成为上海同胞心目中希望的灯塔。在允许普通人出入孤军营的日子，满洲路上，每天人来人往，络绎不绝。在限制普通人出入的日子，许多群众团体通过和租界当局交涉，到孤军营参观慰问，捐款捐物。

孤军营内的羁禁生活对谢晋元刺激很大，他虽身离战场，但仍关切着抗战形势的发展。南京失守和日寇的血腥屠杀，使谢晋元痛心疾首。他终日绝食，以激扬上海人民的抗战热情。台儿庄会战的胜利，使谢晋元的精神为之一振。徐州会战失利、武汉沦陷、广州沦陷，谢晋元面对祖国半壁河山遭受日寇的蹂躏与践踏，心情极为沉痛。再看看自己的羁旅生活，虽身为军人，却报国无门，不能赴前线杀敌，他感到内疚和痛心，满腔郁闷，写下"富贵不能淫，威武不能屈，

作战场景

贫贱不能移"十五个大字和一副对联："养天地正气,
法古今完人"。

谢晋元面对租界当局的暴行,义愤填膺,表示坚
决抗议。他质问工部局:"1.当时第三者要求我当局下
令撤退,一是表现了人类同情心,不忍心看见中国抗
战将士身陷绝境,最主要的是枪弹横飞,你们考虑租
界地段中外人士生命财产安全。今天,你们收容我们,
是不是基于上述考虑? 2.我多次申明,我们既不是俘
虏,也不是犯人,那么,我们的法律地位及其私人权
利是否完全丧失了? 3.旗杆及升旗的事,我已与万国
商团团长亨培先生商量妥当,为什么又突然用武力强
迫降旗呢,并且打伤打死我兄弟111人? 4.既然谈判,
为什么又突然派出武装到牙齿的白俄军队把我们强迫

作战示意图

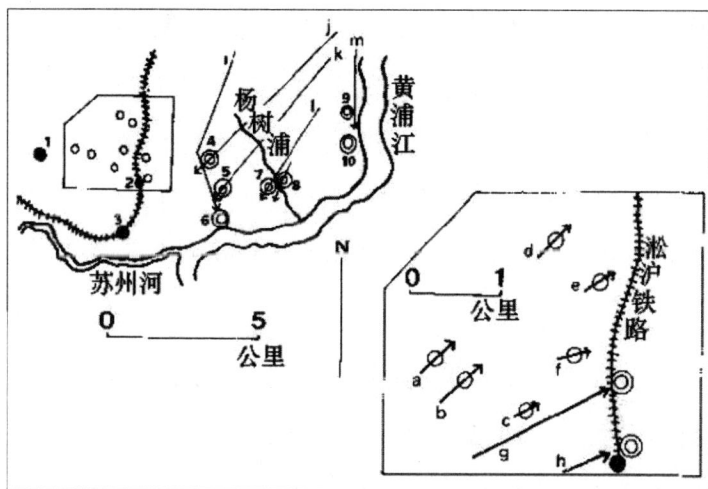

押解到这里?"义正词严的责问,使租界当局不能自圆其说。

孤军营里的斗争,得到上海和全国人的声援与支持。上海民众一致罢市三天,许多群众团体纷纷向工部局抗议,谴责帝国主义者的无耻行径。8月13日,中国共产党在汉口出版的机关刊物《群众》周刊撰文表示:"向羁留在沪坚持奋斗的八百壮士致诚挚慰问之意!"在舆论压力和公众谴责下,租界当局被迫让步。

10月7日,谢晋元回到孤军营。当天,他要求会见公共租界工部局负责人,得到允许。下午,谢晋元来到局长办公室,一进门,局长便不好意思地迎上来说:"很抱歉,谢团长。"

谢晋元有礼貌地打了招呼:"你好,局长先生。"

而后便转入了正题，说道："我今天来，是再次强烈要求租界当局履行当初许下的诺言，恢复我们的自由。"

局长听后笑了笑说："不行，这不符合国际公法，况且，日军已多次要求我们引渡孤军，我们都拒绝了，希望你们不要得寸进尺，我们是在保护你们。"

谢晋元一听怒不可遏，大声斥责道："先生难道不记得，1937年8月日军被我军击溃，有200多日军逃入租界保命，很快被租界当局释放，并奉还武器，难道这就不违反国际公法？而应你们要求，经我政府下令撤入租界的军队，要求你们释放，竟然违反公法，真是荒唐。"

局长急忙劝解说："谢团长，你也要替我们考虑，如果我们释放你们，在日本人面前不好交代。"

武器装备

谢晋元听了，冷笑两声说："我听说日本人最崇尚武士道精神，还能干这等卑鄙之事，如果真这样做，那么不就是与全世界爱好和平、主张正义的人类为敌吗！我虽然是军人，但我不相信武力万能，相信正义必胜。"说完，轻蔑地看了一眼这位在日军面前奴颜婢膝的局长一眼，摔门而出。回到孤军营，铺开日记本，写下了："弱国国民处处受人欺侮，不流血，不抗战，等待何时？中国处于极弱的地步，工业大部操于帝国主义者手中，人为刀俎，我为鱼肉。"发誓努力奋斗，维护民族独立。

在八百壮士撤入租界时，日军即要求租界当局引渡。但迫于我国民众的压力，租界工部局始终不敢答应。后来，日军又阴谋劫持和暗杀，多次派日本浪人或汉奸，怀藏手榴弹、短枪等武器，闯入孤军营图谋

八百壮士　四行仓库铸军魂
——谢晋元和他的战友们

淞沪会战旧址

暗害，但未得逞。

谢晋元预感到局势严重，遂做好以身殉国、决不向日伪投降的准备，并事先立下遗嘱寄给亲人。1939年9月写给父母的信上说："上海情况日益险恶，租界地位能否保持长久，现成疑问。敌人劫辱男之企图，据最新消息，势在必得。敌曾向租界当局要求引渡未果，但野心仍未死，声称不惜任何代价，必将谢团长劫到虹口（敌军根据地），只要谢团长答应合作，任何位置可给予云云。似此劫夺，必欲迫男屈节，为敌作牛马耳。大丈夫光明磊落而生，亦必光明磊落而死。男对生死之义，求仁得仁，泰山鸿毛之首，熟虑之矣。今日纵死，而男之英灵必将流芳千古。故此日险恶之环境男从未顾及，如敌劫持之日，即男成仁之时。人生必有一死，此时此境而死，实人生之快事也。唯今日对家庭不能无一言：万一不幸，大人切勿悲伤，且应闻此讯以自慰。大人年高，家庭原非富有，可将产业变卖以养余年。男之子女渐长，必使其入学，平时应严格教养，养成良好习惯。烈属子弟，均有抚资，除教育费应请政府补助外，大人以下应刻苦自励，不轻受人分毫。男尸如觅获，应归葬抗战阵亡将士公墓。此函俟男殉国后即可发表，亦即男预立之遗嘱也。"

1940年3月，汪精卫伪国民政府在南京成立。大汉奸汪精卫粉墨登场，投靠日本帝国主义，不久就派人诱惑谢晋元，如肯投诚，将委以伪陆军总司令之职。谢晋元正气凛然，严厉呵斥道："尔等如此行为，良心丧尽，认贼作父，愿做张邦昌，甘做亡国奴，你有何面目对你列祖列宗，生为中国人，死为中国鬼。我以保国爱民为天职，余志已决，绝非任何甘言利诱所能动，休以狗彘不如之言来污我，你速去，休胡言。"

陈公博当了伪上海市市长，多次劝降谢晋元，请谢晋元去当伪第一方面军司令。谢将委任状撕得粉碎，并大骂卖国贼。谢晋元说："我父母都是中国人，生下我这个儿子也是中国人，中国人决不当外国人的走狗！"

江南的秋天，本应该遍地是稻穗织成的金锦，像一个无边无际、坦荡如毯的用黄金铺成的世界。然而1940年的江南之秋，这一切都看不到了，看到的是房屋坍塌，一片焦土，偶尔有几处余烬冒着轻烟。人不见，鸡犬不见，田里的"黄金"无人收拾了，听到的是几只贪吃人尸的乌鸦在空中叫出几声令人发怵的声音。日军占宜昌，炸重庆。

9月18日，不甘做亡国奴的上海人民涌向街头，一路高呼"打倒日本帝国主义""中国抗战必胜""勿忘九一八"，来到孤军营，看望他们心中崇拜的抗战英

雄。这可吓坏了白俄士兵，他们匆忙封锁营门。部分士兵要求解除封锁，惹恼了白俄士兵，米奇亚可夫竟然再次向手无寸铁的孤军战士开了枪，罪恶的子弹击中在一旁观看的孤军营战士何玉湘的头部，又穿过在洗浴室内的孤军营战士高广云的腿部。

又一个战士倒下了，又一桩血案。谢晋元对租界当局肆意屠杀行为十分愤慨，他再次强调要求公正合法的待遇。他说："人生有比生命更重要者，辄为吾人之人格与精神，生活之苦非所欲计较，但求合法之待遇。"

对于谢晋元和士兵的处境，中外人士十分焦急，多次提出拟用上海难民，以到孤军营慰问联欢为名，分批将孤军调换，通过浦东游击队转经四明山游击区，重返前线。各界人士的这些建议，都被谢晋元拒绝。他严正地表示："我从接受命令撤退那一天，就知道今后环境的艰苦，可能比固守四行仓库时艰苦十倍。地方人士建议我私自离开上海，我是不能接受的。因为

驻守四行仓库的中国守军（模型）

八百壮士 四行仓库铸军魂
——谢晋元和他的战友们

我是接受命令撤退到这里，光明而来，自然应当正大离开"。

守军在"孤军营"中被羁押了三年多。后来日本方面声称允许释放这些士兵，但条件是解除武装并以难民的身份离开上海。谢晋元拒绝了这些条件，并于其后多次拒绝了中华民国维新政府（1938年—1940年）及汪精卫政权（1940年—1945年）的劝降。

高尚是高尚者的通行证，卑鄙是卑鄙者的墓志铭。在八百壮士滞留"孤军营"的四年里日伪无休止的诱降活动均遭到谢晋元将军的严词痛斥。敌人是凶狠的，软硬兼施是汪精卫伪政权的惯用伎俩。他们见诱降不成，暗杀不行，就策划暗中收买孤军营内部意志不坚定的士兵，伺机暗杀谢晋元。

1941年4月24日晨5时，晨光熹微，孤军营官兵按照惯例在操场集合、精神升旗完毕，列队早操。谢晋元俨然是一个指挥大军的将军，站在指挥位置，声音洪亮地点名，发现士兵中有4人缺席。治军素严的谢晋元一面派人传唤，一面叫团副上官志标带队跑步，2分钟后，部队跑到操场另一头，缺席的赫鼎诚、张文清、龙耀亮、张国顺4人跑了过来，谢晋元正想上前训斥，不料这4个已被日伪收买的叛徒蜂拥而上，拿出日伪提供的匕首和铁镐等凶器向谢晋元胸部及左太阳穴猛刺、狠击，英雄猝不及防当即倒地，头部、胸部负重伤。团副上官志标中校听见喊声，知道不好，猛跑过来，援救谢晋元，凶恶的叛徒又把他刺伤，幸亏战士们赶到，擒住叛徒，解救了团副。叛徒后来被处决。

谢晋元受伤后，马上请来军医包扎，终因伤势过重，6时左右停止了呼吸，年仅37岁。

谢晋元的死，应了他生前对自己命运的预测。只是他未能马革裹尸，战死疆场，而是被叛徒暗杀。

谢晋元殉国，孤军营官兵失去了"主帅"，他们悲痛欲绝。

谢晋元殉国，震惊上海。租界当局甚至日本侵略者也阻挡不住爱国同胞汇集胶州路，前后几里长，共有30多万人，有工人、有学生、有职员、有外国人……拥进孤军营，凭吊英雄。孤军营内到处摆放着花圈、挽联、挽幛，灵堂内哭声震天。

停灵7天后，盛殓谢晋元的楠木棺材就安葬在他宿舍门前的小花园内，四周栽满常青树。

谢晋元殉国，举国哀悼。重庆举行隆重悼念活动，国民政府通电："谢晋元同志之成仁，为我抗战史上留一极悲壮之史迹……谢团长不幸殒命，然其精神实永留人间而不朽。谢团长不仅表现我军人坚贞壮烈之气概，亦为我民族不屈不挠正气之代表。除已优予抚恤外，甚望我全体官兵视为模范，共同敬仰。以期无负先烈之英灵，而发扬我民族正气之光辉也"。5月8日，国民政府下令追赠谢晋元为陆军少将。

谢晋元殉国，家乡悲痛。广东蕉岭县举行追悼活动，他除了给家乡留下英雄之名外，还留下一身正气。

八百壮士成为中国军人的一面旗帜，国际舆论称颂八百壮士是"盖世之英雄""中国军人的骄傲""各国军人的模范"。

1945年日军投降，上海又成为中国的上海，人民没有忘记谢晋元。为了纪念这位"八一三"抗战英雄，将原模范中学改为晋元中学，以教育子孙后代。1947

谢晋元纪念馆

追贈陸軍步兵少將謝公晉元之墓

生於民國紀元前六年四月六日子時

殉職於民國卅一年四月廿四日午五時

四行孤軍全體部屬敬

中華民國卅年七月一日

謝晋元墓

八百壮士 四行仓库铸军魂

——谢晋元和他的战友们

年，上海将四行仓库旁边的原满洲路改名为晋元路。将胶州公园改名为晋元公园。

新中国成立后，首任上海市市长陈毅派人专程看望了谢晋元夫人凌维诚及其子女。1950年初上海市人民政府发文，褒扬谢晋元"参加抗日，为国捐躯"的光荣业绩，并优恤其遗属。1983年，市政府将谢晋元墓迁葬万国公墓"名人墓区"，供后人瞻仰纪念。原四行仓库作为市级抗日纪念地立碑纪念和保护。在晋元中学校园内树立谢晋元塑像。1985年，在纪念抗日战争胜利40周年时，中国人民革命军事博物馆抗日战争馆展出了谢晋元率领八百壮士孤军坚守四行仓库的事迹图片，再现当年抗击日本侵略军的雄风。同年，焦岭县人民政府在谢晋元家乡举行了谢晋元事迹报告会，将尖坑小学改名为晋元小学。

为祖国、为民族奋勇杀敌并作出牺牲的谢晋元团长将永远铭记在人们心中。

孤军营中没有了谢团长，处境更为艰难。由营长雷雄任代理团长。

1941年12月8日，日本突然袭击美国珍珠港，太平洋战争爆发。丧心病狂的日本侵略军闯进租界，上海由此沦为真正的孤岛，孤军营将士堕入了更黑暗的地狱。

12月10日，汪伪政权任命的上海市市长陈公博致函孤军营代团长雷雄，要求孤军全体参加"和平运动"，被雷雄严词拒绝。

12月28日，数百名日本侵略军全副武装进入孤军营，将手无寸铁的孤军全部押到宝山月浦机场拘禁。

1942年2月9日，侵略军又将他们从宝山押到新龙华游民习艺所，用皮鞭、棍棒强迫孤军营将士挖壕沟，做苦工。反抗侵略的英雄——孤军营将士不堪忍受此种惨无人道的待遇，用木棒和石头为武器与看押他们的鬼子斗争。日本侵略者顾及国际舆论，不敢随意杀害孤军营将士，就将他们押到南京，关在珠江路老虎桥的俘虏收容所里。就是在如此恶劣的条件下，孤军营将士仍保持谢团长在世时的好习惯，每天抽空由官长率领跑步和出操，表现出了坚强的团结力和不畏强暴的英雄气概。一天，日本鬼子让孤军营战士挑大粪，污辱士兵，一位战士拿起扁担把一名日军手臂打断。这可激怒了鬼子，他们集合了几百人，把孤军战士包围起来，四周架起机枪，扬言要将孤军营战士全部打死。孤军营将士毫不畏惧，筑起人墙，雷雄责问道："我们不是俘虏，为什么把我们当俘虏。"日本鬼子理屈词穷。

凶恶的敌人又想出了把孤军营分散看管的毒计。

079

八百壮士 四行仓库铸军魂

——谢晋元和他的战友们

首先将孤军的官长和士兵分开，将士兵50人押到光华门外，60人押到孝陵卫，100人押到杭州，50人押到裕口，60人送到南洋群岛，其余的仍关在城内原处。强迫他们做不堪忍受的、无休止的苦工。即使这样，也压制不住孤军反抗强暴，反对侵略，热爱祖国，热爱和平的精神。11月6日，光华门外的孤军趁着和孝陵卫孤军对调的时候，冲下汽车，逃跑了大部分，他们历经千辛万苦回到重庆，又奔赴抗日战场，英勇杀敌。另外36名官兵被押至新几内亚做苦工。1945年，他们看到日军垂头丧气，整天酗酒，才知道日本战败，反过来把日军抓起来当了俘虏。即使被日军送到最远最苦的新几内亚做苦工的部分孤军也在日本投降、抗战胜利后，返回祖国。这些万劫未死身虽辱而志不屈的孤军英雄，将同苏武在北方冰天雪地中持汉节牧羊一样名垂青史。

抗战胜利七十多年了，但是，谢晋元和八百壮士执着的爱国精神、矢志报国的赤胆忠心与革命的英雄主义，广大青少年仍有重要的激励作用。

1946年，名扬天下的"八百壮士"，从各地回到上海，总计100余人。他们请回老团长的遗孀凌维诚，在老团长的陵墓四周搭起棚子住了下来，为老团长守灵。国共内战爆发后他们大多不愿再战而复员。

谢晋元的遗体被埋葬在其孤军营宿舍门前的小花园内。

四行仓库经过改建后现今仍然存在，部分空间被改为纪念馆用来纪念四行仓库保卫战。展览厅开放时间是每周五的下午1时30分—4时。

1938年八百壮士的事迹被拍成同名黑白电影，1976年又于台湾拍摄了彩色同名电影。

2005年为纪念中国抗日战争暨世界反法西斯战争胜利六十周年，中国电信发行了一套主题电话卡，其中一张为四行仓库。

由杨慧敏送入四行仓库的那面旗现存于台北市国军历史博物馆。

八百壮士 四行仓库铸军魂

——谢晋元和他的战友们

四行壮士九死一生

王文川是 88 师 262 旅 524 团 1 营 4 连的重机枪手，是淞沪抗战时期赫赫有名的四行保卫战"八百壮士"之一，也是国内仅剩下的 3 位健在的壮士之一。

在四行仓库保卫战那不眠不休的四昼夜里，他操纵着全营最为稀有的"马克沁"重机枪，勇猛杀敌；在孤军营，他和战友一同挺身捍卫民族尊严；沦为日本人的苦力后，他又从敌人的刺刀尖上幸运逃脱，徒步三个月寻找大部队……

王文川老人回忆了那段可歌可泣悲壮的故事：

"8 月 13 日淞沪抗战爆发前，我们 88 师从无锡被紧急调往上海，坐了好几个钟头的闷罐子车，后来在宝山路八字桥一带和日本鬼子接上了火。"

1937 年 7 月，日军在卢沟桥制造了"卢沟桥事件"后，发动了对中国的侵略战。8 月，日军又在上海制造了"虹桥机场事件"，并以此为借口，向上海增派了数十艘舰艇和 3000 多名陆战队员。国民革命军陆军第 88 师 262 旅在闸北率先向日本侵略者发起了进攻，打响了"八一三"淞沪抗战的第一枪。

回忆起初到上海时的战斗，王文川说："八字桥的

王文川从军时的照片

仗打得很苦，我们虽是精锐部队，但装备比日本鬼子差很多。"88师从八字桥开始，且战且退，伤亡很大。

10月25日，大场阵地被日军突破，国民党军队退守沪西，许多人建议有秩序地退守经营了3年之久的防御阵地，但蒋介石以国际联盟开会在即，能保持在上海的存在，"可壮国际视听"为由，要求撤退下来的三军，在沪西仓促摆开战场，令88师留在闸北，死守上海。88师师长孙元良接到任务后，命令只留下一个团死守闸北，由中校团副谢晋元指挥，1个机枪连，3个步兵连，共420人留下坚守四行仓库。

26日深夜，王文川跟战友们进入了四行仓库大楼，"一进去，谢团长就指挥我们连夜构筑工事，用麻袋把所有窗户堵死，只留一个通向租界的口子"。王文川坚守一楼，他还清晰地记得"苏州河里没有水，全是烂泥"。

四行仓库是四家银行联营的仓库，六层高，是当时上海少有的高楼，墙体厚实，位于苏州河边，由于西面和北面已被日军占领，东面和南面是公共租界，使光复路上的四行仓库，成了名副其实的"孤岛"，王文川和他的战友们也就成了孤军。

此后的整整4天4夜，王文川的重机枪枪口始终对准虹口方向，昼夜不歇地开火。那里，正是日本鬼子在上海的大本营，"距离我们坚守的四行仓库，很近很近"。

敌人火力非常猛烈，谢团长吩咐大家，要不分昼夜监视对面的鬼子，敌人一露头，就狠狠地打，不能让他们靠近大楼！420名官兵分布在不同楼层，各就各位，谁都不准随便离开自己的阵地，擅离阵地的后果是"就地正法"。

王文川说："为了不让敌人知道我们的实际人数，我们虽只有420人，但谢团长对外散布'烟幕'说有800人，以震慑敌人。"谢晋元后来曾写诗道："八百壮士八百兵，抗敌豪情以诗鸣。谁怜爱国千行泪，说到倭奴气不平。"

"我的责任挺大的，"王文川说，自己使的重机枪叫"马克沁"，德国人制造的，"重机枪非常重，需要三个人抬，一分钟100发子弹的速度。"

敌人见无法靠近四行仓库，就用平射炮、重机枪狂射，不分昼夜轮番进攻。坚守四行第3天时，谢晋元与八百壮士立下了遗嘱："余一枪一弹誓与敌周旋到底，流最后一滴血，必向倭寇取相当代价。"

"谢团长说了，人在阵地在，这里就是我们的坟墓！"说到这里，老人突然停下，顷刻间已是泣不成声，他颤抖着伸出双手擦拭泪水，沉默良久才继续道："团长都没打算活着，我们也都没想过可以活着出去。大家都没一点怕的意思，我的脑子里就是一个'死'字"。

"八一三"淞沪抗战中中日双方在苏州河两岸对峙，终日激战。

八百壮士 四行仓库铸军魂

——谢晋元和他的战友们

面前没有墙的掩护，而是用一麻袋一麻袋粮食垒成的掩体，被打死的战友直接摞在上面，掩护活着的人。饿了，就抓一把生粮食塞进嘴里；渴了，就喝用来冷却重机枪的循环水——这毕竟是热水；困了，就靠在掩体上打个盹。"没怎么停下来过，晚上，我听着瞭望手的指挥，指哪打哪。"

"老刘倒下，我继续射击！"

老人不善言辞，经常一句话之后，便陷入沉默。而激动起来，那双曾经扣动重机关枪扳机的双手，不住地前后摇动轮椅，着急让我们听懂，却苦于言语跟不上，显得格外急切。有一句话，老人说了又说，重复了许多遍："我是重机关枪射击手，老刘是装弹手，还有一个瞭望手。"

装弹手老刘牺牲的一幕，在王文川心里，永远无法磨灭。"我打着打着，突然发现没有子弹了，老刘怎么不送子弹了？我喊了老刘好几声，老刘怎么不言语呢？我再去一摸，手上全是黏糊糊的血，老刘的脑袋已被打开了花，这么活生生的一个人，转眼之间就没了"。敌人的这一枪，本来瞄准的是王文川，要首先打掉他这个阵地要塞的重机枪手，没想到子弹射歪，命中了老刘的头。"看到老刘死了，我已经打红了眼了，继续扣动扳机，脑子里什么都不想了。"老刘倒下，迅速有其他战友上来为王文川继续装子弹。

一营营长杨瑞符的日记里，记录了战斗的惨烈："日军用探照灯照亮西藏路，以猛烈的机关枪封锁路口。10时许，敌火力更猛了，以平射炮及重迫击炮向四行仓库猛轰，最激烈时，每秒钟发炮一响……"

"中国不会亡，中国不会亡，你看那民族英雄谢团长；中国不会亡，中国不会亡，你看那八百壮士孤军奋守东战场。四方都是炮火，四方都是豺狼。宁愿死、不退让，宁愿死、不投降……"那首当年脍炙人口的《八百壮士歌》，王文川至今仍能放声歌唱。

英军壮士们撤退时，答应"负责掩护孤军撤退"，使"孤军由租界到沪西归队"，国民党政府还派人劝说孤军配合英军。31日凌晨1时，谢晋元组织部队开始撤退。可是，日军想把孤军置于死地，在越过敌人封锁线时，部队遭到了猛烈扫射，5名战士牺牲，20多名官兵负伤。当孤军全部撤入中国银行仓库时，租界当局又以日方干涉为由，要求孤军缴出武器，遭到了官兵拒绝。在相持了两个小时后，终由谢晋元下令把武器交英军代管，全营官兵进入公共租界。王文川说，当时大家都含泪撤离，"本来打算把命交代在四行仓库的，走出四行仓库，我非常懊丧，枪也被万国商团收缴了，军人没有了枪等于没有了生命"。

那时的王文川或许不知道，八百壮士孤军浴血奋战四昼夜，牺牲了许多人，却给日军以重创，共炸毁敌人坦克3辆，重创1辆，毙敌200多人，伤敌不计其

老战士们在纪念馆向先烈致敬

数!

而历时三个月的淞沪会战，则在军民拼死抵抗之下，令日军伤亡9万多人，损失飞机200多架，舰船20余艘，使日军被迫转移战略主攻方向，"三个月灭亡中国"的白日梦宣告破灭，八一三淞沪抗战成为中国走向全面抗战的转折点。

"我们坐汽车被运到胶州路孤军营，马路两边是欢送我们的老百姓，敲锣打鼓喊口号，我们也很激动。"王文川说。到胶州公园后，孤军即被铁丝网围在一个约15亩大的空地上，由租界的白俄士兵监守，不许走出半步。上海市民称这里为"孤军营"。

"本以为撤出之后能马上投入新的战斗，没想到却和战俘差不多了。谢团长也很难受。"八百壮士撤入租界后，国民政府军事当局曾以孤军忠勇抗敌，为国争光，特电犒赏，奖励全营官兵各晋一级；谢晋元授上校团长。

虽然身陷孤军营，可官兵们并没有因此而消沉。"谢团长鼓励大家学文化、学技术，把身体锻炼好了，有朝一日重返战场"。

在孤军营，谢晋元带领战士们平整场地，自盖营房，建起了礼堂、宿舍、厨房和篮球场、排球场和足球场。不久，又开办了制皂、织袜、织毛巾等工场，开设了汽车驾驶等专业技能培训。他们把孤军生产的产品打上"孤军营"的商标送出去卖，受到了上海市民们的踊跃欢迎。孤军的生产收入除用于补贴生活外，全部拿来支援抗战。

王文川记得，全营每天4点半就起床，5点准时出早操。虽无武器，照常操课。学文化的时候，士兵们还被编成小学、初中、高中三个班级，有算术、常识、历史、地理等学科，爱国教育则是孤军营里每天的必修课。团长还让大家组织了篮球队、排球队和戏剧组，开展文体活动。

在当时上海人的心里，抗战时期上海有两件家喻户晓的美谈：一件是四行孤军

1937年8月，在淞沪会战中，中日双方参战的官兵总数有近百万。图中是参加过这场会战的洛阳老兵于德元。

在孤军营时期，王文川和战友们学会了吹口琴（后排右三王文川）

英勇抗日的事迹；另一件是上海同胞对"八百壮士"的衷心爱戴和热情关怀。曾到过孤军营的上海市民，至今还为他们的自尊自强、坚定勇敢、严守纪律的精神所感动。

被八百壮士的精神所感动，上海市民纷纷向官兵们馈赠各种慰问品，为士兵代写书信，拆洗被褥，演出文娱节目，进行友谊球赛……各所大学还派教师来营义务授课，云飞、祥生等4家出租汽车公司派来技师培训司机，并提供教练车和油料。还有人因痛苦和迷茫到孤军营找答案，当时有报纸记载道："每天人来人往，好像信徒们涌向圣地。"孤军营最多时，一天接待数千人。

"复旦大学的李老师教我们学文化、技术。"没念过几年书的王文川在孤军营不仅学文化，还学会了织袜子、制肥皂、吹口琴。

"篮球怎么说？"王老的女儿问老人。

八百壮士 四行仓库铸军魂
——谢晋元和他的战友们

"basketball."

"足球呢?"

"football."

时隔这么多年,老人仍旧对学到的英文记忆深刻。

"我还有架旧照相机,拍了好多训练娱乐的照片,还有谢团长和外国人打网球的照片。谢团长很高兴,慢慢地和我的接触也多了起来。"在谢晋元孤军营时期的日记里,也记录了王文川的点滴。其中提到过王文川喜好摄影,一次他的照相机坏了,托前来慰问的民众带出去修理,回来后却被白俄士兵扣下,因为日本

王文川

鬼子特别害怕"八百壮士"的照片见报，后来，谢晋元出面，费了好大劲才帮王文川讨回相机。

老人回忆说，当时，在不许升旗的禁令下，谢晋元每天带领孤军举行"精神升旗"——遥望旗杆顶，行举手礼。1938 年 8 月，为纪念"八一一"出师和"八一三"抗战双周年，谢晋元与租界工部局再三交涉要在营内升国旗。"可 11 日那天，我们刚刚把旗子升上去，白俄士兵就冲了过来，我们手无寸铁，只得挽着手抵抗，结果死了 4 个人，100 多人受伤。谢团长也被抓走了。"为了抗议，王文川和战友们绝食 3 天。上海市民听说这个消息，连日抗议罢市。"外国人被迫让步，允许纪念日可挂旗，但那个旗杆被截去一节。"

而王文川永远忘不了 1941 年 4 月 24 日那一天，他亲眼看见谢团长被害。"早上 5 点多，大家出早操，有四个人来晚了，谢团长上前问'为什么这么晚'，这四个人却突然掏出匕首，一起朝谢团长刺去，没等我们醒过神来，谢团长就倒下了。"提起谢晋元一声没吭就倒在血泊中的惨景，王文川再度掩面而泣，无法成语，很久很久，老人才缓缓吐出一句话："那年他才 37 岁啊！"杀害谢晋元的四个人都是王文川的战友，可当时已被汪伪政府收买。

1941年12月7日，日本突袭珍珠港，太平洋战争爆发，上海沦为真正的孤岛。

12月28日，日军突入孤军营，将手无寸铁的孤军全部押走。被困了4年有余的谢晋元的队伍又沦为日军的战俘。不久，日军将孤军分别押解到孝陵卫、杭州等地做苦工。王文川则被送到安徽芜湖裕溪口装卸煤炭。

"日本人看着我们抬煤。鬼子挖中国的煤，挖足了1000吨就用大船装走运到日本。我们就不好好干，反抗、逃跑。"在老人的记忆中，除了谢团长和送弹手老刘永志难忘，还有一位，就是裕溪口当地的一个农民。王文川至今也不知道他的名字。

一天，这个老乡偷偷问王文川："老王你想回家吗？""想啊！"老乡告诉他，晚上藏到他家茅草屋的顶棚上，趁日本人不备就逃跑。晚上，王文川照这老乡的话去做，日本人收工点名时，发现少了一个人，于是用刺刀向顶棚上凶狠地乱刺了一阵，差一点刺到躲藏在里面的王文川。终于，趁鬼子不备，王文川撒开双腿跑了出来。"如果日本人查出来，这老乡全家人的性命就没了！老乡用他一家三口人的性命，保护了我的逃亡。可是后来我再也没机会报答那个老乡了。"这救命之恩让王文川永生难忘。

从芜湖逃出来，王文川一路讨饭，一路打听，凭两条腿，整整走了3个月，终于到达了重庆大坪的国民党散兵收容所。"路上的老百姓、农民都很同情我，给我饭吃。"王文川说，要饭也必须看清楚人，如果遇到汉奸，就会再次把他抓走。

此时，四行仓库保卫战和八百壮士已经威名远扬，重庆的官兵听说王文川参加过四行仓库保卫战，都十分敬佩他，因为四行保卫战已经成为"打硬仗"的象征了。

根据资料记载，在芜湖裕溪口装卸煤炭的八百壮士，几乎全部逃脱成功，只有1人中弹身亡，团副雷雄在率众去重庆的途中不幸病故。1942年，日军还曾从老虎桥俘虏营调出1000余名战俘到南洋做苦工，其中也有数十名"孤军"战士，他们在炎热、饥饿和瘟疫流行的折磨下做苦工，最终，30几名"孤军"只有10余人幸存下来，1946年10月随同其他俘虏，回到上海。

在投奔重庆散兵收容所的几个月后，王文川被调到北京的国民党陆军总院做了一名军需官，并结婚育子。新中国成立后，王文川留在了北京，成为机械厂的一名普通工人。

王文川有5个子女，如今都已年过半百，说起父

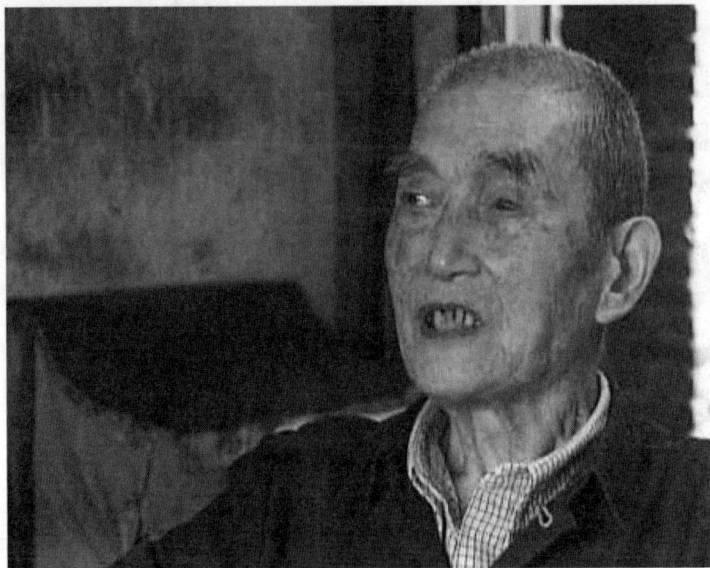

亲这段经历，他们纷纷摇头："他从来没跟我们提起过，只记得'文革'时候父亲经常被叫去写材料。"

半辈子没吐露过的秘密，直到老伴临终前，才被儿女们发现。老人的女儿拿出了一张珍贵的老照片。这张一寸大小的泛黄照片上，王文川20出头，一头乌黑整洁的头发，浓粗的眉毛，英俊而肃穆，能看到一直扣到脖子根的土黄色的军装领子。"文革"时，王文川担心这张国民党的军装照引祸上身，所以用剪刀齐着脖子剪裁了照片，变成了大头照，可军装领子仍然依稀可辨。

"我老家是安徽寿县，从小日子很苦，十几岁时还光着屁股，后来又遭了水灾，实在过不下去了，15

岁那年就跟着兵贩子参了军，为的就是能吃顿饱饭、穿上遮体衣服。"老人说。

因为自己曾是国民党军队的一名士兵，"文革"时期，王文川怕遭受迫害，一直将自己的这段历史深深地埋藏在心底，即便被逼迫写材料，也隐藏着许多秘密。谢晋元颁发给他的很多奖章，王文川也都在"文革"期间偷偷把它们砸碎、掩埋了。女儿王秀英说，父亲至今还吃不准自己的身份和经历，不知道该不该说。

多年前的一次突发脑出血导致瘫痪，使王文川再也离不开轮椅。在许多人眼里，这位老人就是一个少言寡语、瘫痪多年的退休工人，谁都不知道他的过去。直到上海淞沪抗战纪念馆副馆长沈建中来京，为老英雄验明了身份：王文川正是当年的四行仓库的八百壮士之一。

而深埋心头的秘密被发现后，女儿们发现：一向少言寡语、脾气不好的王文川变得格外"柔弱"起来，"爱哭鼻子，刚开始回忆的时候，一提起来就哭，现在已经好多了"。

如今，老人在儿女们的陪伴照料下，每天过着有规律的生活。女儿王秀英说，老人早上一定喝牛奶，"肯定是新中国成立前在孤军营里面养成的习惯，到现在都喜好面包、果酱，而且很能吃"。每天王文川都会让女儿陪着到公园锻炼，双手扶着把杆悠荡身体。"午后，我们要想歇一会，就给他放电影《八百壮士》，两个多小时，他会使劲瞪着两只眼睛看电视，安静地从头看到尾。"不过，老人说，"电影差不多都属实，可也有些地方不对劲"。

至今，王文川对日本侵略者仍然恨之入骨。女儿说，小时候，他们几个孩子如果做错了事，父亲会在盛怒之下，嘴里蹦出"亡国奴""奴隶"这样刺耳的字眼，作为最严厉的训斥。

"我们从小就很怕父亲。"王文川对子女的要求很严，是一派军人作风：穿衣服不能敞胸露怀，所有扣子必须系上；吃饭时不能说话，家长没上桌，孩子不能动筷子。女儿们说，"现在终于理解了父亲为什么这样。"

四行仓库，在上海妇孺皆知，八百壮士坚守四天四夜的故事，更是家喻户晓。而谁能知道，当时那个20岁的安徽士兵王文川，四昼夜里，寸步不离自己的重机枪，根本没来得及看上一眼这块阵地，甚至从四行仓库撤出的时候。

"我从来不知道四行仓库的外貌！"老人对此"耿耿于怀"的同时，也充满了向往，"想要看看四行仓库的里里外外是什么样子。"

"一定要去谢团长的墓地！"采访即将结束，眼泪却再一次溢出了老人的眼眶，老人颤抖着用左手从轮椅坐垫下摸索出一块手绢，右手缓缓摘下眼镜，使劲地却无声地抹掉眼泪。女儿替他把话说下去："给谢团长的墓献上一束花，鞠上一个躬。"

中华魂·百部爱国故事丛书

提　要

《誓与禁烟相始终——民族英雄林则徐》

林则徐严禁鸦片，坚决抵抗西方列强的侵略，坚持维护国家主权和民族利益。他是中国近代历史上第一位睁眼看世界的人，是抗击帝国主义殖民侵略的第一人，是中华民族抵御外侮过程中伟大的民族英雄。

《血洒虎门御敌寇——抗英将军关天培》

民族英雄关天培，在第　次鸦片战争中为了抗击英国侵略者的入侵而血洒虎门，为国捐躯，谱写了一曲可歌可泣的英雄赞歌。关天培用他的生命，书写了中国人民反抗外侮的历史。

《威震镇海靖节魂——抗敌英雄裕谦》

在第一次鸦片战争期间的众多牺牲者中，有一位官阶最高，他就是两江总督裕谦。裕谦与外国侵略者斗争立场坚定，与国内妥协派、投降派斗争态度坚决。裕谦督战镇海，与英国侵略军浴血奋战，临危不惧，以身报国，浩气长存。

《斩邪留正解民悬——太平天国领袖洪秀全》

农民出身的洪秀全，从失意文人到起义领袖，经历了长期的思想演变过程，在外敌入侵、清朝政府腐朽的历史环境之下，顺应时代的潮流，成长为一位非凡的历史英雄人物，建立了与清朝政府相抗衡的农民政权——太平天国。

《仰承汉唐 荟萃中外——近代数学家李善兰》

李善兰是我国19世纪重要的科学家之一，在数学、天文学、力学等方面都有重大建树。他继承了我国古代数学的成就，又以极大的热情传播西方科学文化，"仰承汉唐，荟萃中外"，把自己的一生献给了科学事业。

《严谨治学 勇于探索——近代著名数学家华蘅芳》

华蘅芳，中国近代数学家之一。其精通中国古算学，并熟练掌握西方近代数学，是中国验证抛物线并著书立说的参与者。为了证明"外国有的，中国也能造"而鞠躬尽瘁，在引进西方科学技术、传播科学知识上贡献卓著。

《折冲樽俎护山河——近代著名外交家曾纪泽》

曾纪泽是中国近代史上著名的爱国外交家，在中俄伊犁交涉事件中，他秉承抵抗列强、保卫国家的坚定意志，利用外交手段全力同沙俄抗争，捍卫了国家主权、民族尊严，收回了祖国的领土，在近代中国外交史上留下了光辉的一页。

《甲午海战留英名——民族英雄邓世昌》

邓世昌，北洋水师名将。本书以邓世昌的成长过程为线索，以代表性的历史故事为主要内容，还原真实的历史事件，突出鲜明的人物性格。邓世昌因在中日甲午海战中突出的英雄气概而名垂史册，书写了伟大的爱国主义篇章。

《誓与舰队共存亡——北洋水师提督丁汝昌》

丁汝昌处在清朝政府的腐朽和李鸿章的专断下，难以施展爱国的抱负，壮志未酬，愤恨而终。但丁汝昌为建立近代海军作出的巨大贡献，带领北洋舰队爱国官兵勇抗强敌的英雄事迹，将永远为后代所传颂。

《镇南关上凯歌扬——抗法老英雄冯子材》

1885年中法战争中，年逾古稀的冯子材为抵御外国侵略，勇赴国难，大败法军于镇南关，并乘胜追击，接连收复文渊、谅山等地，从根本上扭转了中法战争的局面，成为近代民族英雄的杰出代表。

《屡败法军逞英豪——黑旗军将领刘永福》

刘永福是黑旗军的创建者，是农民出身的杰出军事家、政治活动家。在19世纪发生的援越抗法、中法战争中，他率部与帝国主义侵略者进行了殊死的战斗，建立了卓越的功勋，成为我国近代史上著名的民族英雄，为后世所景仰。

《矢志变法强国家——戊戌变法领袖康有为》

康有为是清末民初最有影响力的思想家之一。他领导了中国知识界的启蒙运动，掀起了一场自上而下的政体改革。他最早在中国提出了立宪政体和具体的宪政方案，主张在坚持儒家传统和帝制的前提下，学习西方经验，他的进步思想对近代中国具有深远的影响。

《开民智以报国 普新知而图强——戊戌变法思想家梁启超》

梁启超，中国近代史上著名的政治活动家、启蒙思想家、史学家、文学家，戊戌变法领袖之一。本书以百日维新思想家梁启超的成长过程为线索，以代表性的历史故事为主要内容，还原真实的历史事件，突出鲜明的人物性格。

《我自横刀向天笑——维新志士谭嗣同》

谭嗣同在民族危机的严重时刻，投身改革救中国的洪流。为了带给祖国一个光明的未来，紧要关头，他挺身而出，用自己的鲜血激励后人，把宝贵的生命献给了变法事业。

《睡乡敢遣警世钟——用生命警策国人的陈天华》

陈天华是民主革命的活动家和宣传家。他写的《猛回头》《警世钟》等书，起到了革命启蒙的重大作用。为了激发留日学生的爱国情怀，他不惜投海自杀，演出了近代史上感人至深的一幕，给后人留下了难忘的印象。

《革命军中马前卒——民主斗士邹容》

革命乃"至尊极高，独一无二，伟大绝伦之一目的"；它是"天演之公例，世界之公理，顺乎天而应乎人"的伟大行动。因此，必须"仗义群兴革命军"。他激情高呼："革命独子万岁！中华共和国万岁！"这就是《革命军》的作者，中国近代著名资产阶级革命宣传家邹容。

《休言女子非英物——鉴湖女侠秋瑾》

为民族解放和妇女解放而英勇斗争的秋瑾，冲破封建礼教的思想牢笼，打碎封建精神枷锁，崇仰真理，追求光明，主张共和，坚持男女平等，最终献出了自己年轻的生命。

《血溅校场　杀身成仁——民主斗士徐锡麟》

本书讲述了反清志士徐锡麟弃文从武、投身反清革命事业，最终被清政府杀害的故事。出于对国家的热爱，徐锡麟献出自己的生命，他的事迹将永远激励后人深切缅怀这位民主革命的先驱。

《生可死耳　我志长存——献身民主的禹之谟》

禹之谟，民主革命党人，同盟会会员，近代资产阶级革命家、实业家。1886年，20岁的禹之谟"提三尺剑，挟一卷书"游历四方，研究西方社会政治学说，忧国忧民之心日趋强烈。戊戌变法失败，他丢掉改良幻想，倡革命救亡之说，走上民主革命道路。

《物竞天择　适者生存——资产阶级启蒙思想家严复》

严复是中国近代著名的启蒙思想家、翻译家和教育家。他长期从事教育和翻译事业，为近代中国人才培养和思想启蒙做出了重要贡献，同时他也为中国的翻译事业和中西思想文化交流做出了重要贡献。

《辛亥革命急先锋——资产阶级革命家黄兴》

黄兴，清末民初资产阶级革命家，中华民国开国元勋。黄兴在武昌首义及辛亥革命时期的爱国表现，与孙中山闻名于当时，常被时人以"孙黄"并称。本书以资产阶级革命活动实干家黄兴的成长过程为线索，歌颂了先辈伟大的爱国主义精神。

《矢志革命　百折不回——近代民主革命家廖仲恺》

廖仲恺追随孙中山踏上了创立民国与捍卫共和制的旧民主主义革命

八百壮士　四行仓库铸军魂

之路；在新民主主义革命时期，他为建立、巩固首次国共合作和实施三大政策，英勇奋斗，为国殉职，洒尽了一腔热血。

《将军拔剑南天起——护国英雄蔡锷》

蔡锷是中国近代史上的杰出军事家、爱国者。他的一生短暂而伟大。辛亥革命爆发，他毅然投身于革命洪流之中，领导云南重九起义，对武昌起义积极响应。袁世凯窃国复辟、恢复帝制的阴谋暴露出来以后，他又毅然举起了武装讨袁的旗帜。

《反帝反封建运动——五四青年的爱国故事》

五四运动是一次伟大的反帝反封建的爱国运动；是一个伟大的历史转折点；是中国人民的斗争从挫折走向胜利的一个关节点，它为中国的前进开辟了一条全新的道路，拉开了中国新民主主义革命的序幕。

《思想自由 兼容并包——著名教育家蔡元培》

蔡元培是中国近现代著名的民主革命家和教育家，一生经历风雨，却始终信守爱国和民主的政治理念，致力于废除封建主义的教育制度，奠定了我国新式教育制度的基础，为我国教育、文化、科学事业的发展做出了富有开创性的贡献。

《为国家争光 为民族争气——中国铁路之父詹天佑》

詹天佑是我国最早的杰出铁道工程师，因主持建造京张铁路而闻名中外，被誉为"中国铁路之父"。他为祖国的铁路事业贡献了毕生的精力。本书向读者展示了詹天佑热爱祖国、科技兴国的辉煌人生。

《实业救国 衣被天下——轻工之父张謇》

张謇是爱国实业家、教育家。他年轻时中过状元。过了40岁，开始投身工商实业活动中，他的名言是"富民强国之本在于工"。在南通，创办大生丝厂、银行等各种实业。并将创办实业的大部分所得投入教育。他的观点是，教育和实业一样，也是"富强之大本"。

《心向革命 追求光明——平民将军冯玉祥》

冯玉祥将军"是一位从旧军人转变而成的坚定的民主主义战士"。

抗日战争期间，他辗转各地，用实际行动积极抗战。日本战败投降后，他为了断绝美国的援蒋内战，又在美国四处演说，揭露蒋介石统治之黑暗，痛斥美国阴谋分裂中国的不良行为。

《刑场上的婚礼——革命烈士周文雍　陈铁军》

周文雍是广州起义的主要领导人之一。陈铁军出身于华侨商人家庭，却毅然投身革命洪流。1928年1月，两人接受派遣，回到广州假扮夫妻从事革命斗争，却不幸被捕。临刑前，两位烈士将敌人的枪声当作自己婚礼的礼炮，用生命和爱情谱写出一曲千古绝唱。

《星星之火　可以燎原——井冈山斗争的故事》

1927—1929年，毛泽东、朱德等老一辈革命家，在井冈山创建了农村革命根据地，进行了艰苦卓绝的斗争，建立了新型革命武装，点燃了工农武装革命之火，找到了农村包围城市最后夺取政权的中国革命的正确道路。

《新民学会的主要发起人——中国共产党早期革命家蔡和森》

蔡和森青年时期曾与毛泽东等人一起组织进步团体新民学会，参加五四运动，并在赴法国勤工俭学时研读大量马克思主义著作，回国后以满腔热忱投身革命事业，成为中国共产党早期重要的理论家和宣传家。

《威震黄浦江畔　高奏抗日壮歌——一·二八淞沪抗战》

面对日本侵略者的挑衅，十九路军在蒋光鼐、蔡廷锴的带领下，高举义旗，奋力一搏。一·二八淞沪抗战，是中国军人捍卫军人荣誉和祖国尊严所发出的吼声，谱写了一曲抗击日军侵略的英雄壮歌。

《将军恨不抗日死——慷慨就义的吉鸿昌》

在国难深重的20世纪30年代，吉鸿昌将军因拒绝执行国民党指示，坚决不打内战，被迫携眷出国"考察"。回国后，他加入中国共产党，组织了民众抗日同盟军，英勇打击日本侵略者，后于1934年11月被国民党反动派杀害。

《献身革命　甘于清贫——梅岭忠魂方志敏》

大革命失败后，方志敏凭着"两条半步枪"起家，身经百战，创建了赣东北革命根据地和红十军。本书真实记录了方志敏投身于革命、领导红军和敌人进行艰苦卓绝斗争的经历，歌颂了烈士贫贱不移、威武不屈、献身革命的高尚品质。

《奏响中华最强音——人民音乐家聂耳》

聂耳在他有限的生命中创作了数十首革命歌曲，在抗日救亡运动中，聂耳的这些歌曲产生了广泛深远的影响。他的音乐创作为中国无产阶级革命音乐的发展指明了方向，树立了榜样。

《横眉冷对千夫指——中国文化革命主将鲁迅》

鲁迅不但是伟大的文学家，而且是伟大的思想家和伟大的革命家。在那风雨如晦的黑暗年代里，他以笔为投枪，同一切帝国主义和反动派进行了顽强的战斗，为中国人民树立了一个不朽的丰碑。他是新文化战线上的一面光辉旗帜，是我们伟大民族的灵魂。

《铁流两万五千里——红军长征的故事》

红军长征是人类历史上的一次伟大的壮举。第五次反"围剿"失败后，中国工农红军的三大主力在极端艰难的条件下，突破国民党军队的围追堵截，进行了史无前例的战略大转移，总行程达两万五千里以上。途中发生了许多动人故事，至今令人难以忘怀。

《荣辱不移革命志——创建陕北红军的刘志丹》

刘志丹是杰出的无产阶级革命家、军事家，西北红军和西北革命根据地的主要创始人之一。他一生热爱人民，追求真理，英勇善战，百折不挠，艰苦奋斗，忠心赤胆，为创建红军和革命根据地、为中国人民的解放事业建立了不可磨灭的功勋。

《英名永存北平城——爱国将领佟麟阁　赵登禹》

1937年7月28日，日军向北平郊区发动进攻。第二十九军副军长佟麟阁奉命在南苑率部与日军苦战，腿部受伤，头部被敌机炸伤，壮烈殉国。第一三二师师长赵登禹指挥部队顽强抵抗日军，右臂中弹负伤，仍继续作战。后在转移途中遭日军截击而牺牲。

《八百壮士 四行仓库铸军魂——谢晋元和他的战友们》

八一三抗战，中国军人以血肉之躯揭开全面抗战的帷幕。这是一场血战，是中国军人不屈不挠的英雄诗篇，其中的八百壮士守四行，成为这首英雄颂歌中最动人、最凄美的音符。一曲四行保卫战，铸就了不屈的军魂。

《八女投江 气贯长虹——八位抗联女战士》

抗日战争时期，以冷云为首的东北抗日联军8名女战士，为捍卫民族尊严，面对凶残的日寇，镇定自若，宁死不屈，投江殉国，表现了中华民族同敌人血战到底的英雄气概。她们的光辉形象，激励着千千万万的后来人。

《艰苦抗战 威震敌胆——著名抗日英雄杨靖宇》

杨靖宇将军是我国著名的抗日民族英雄。曾先后担任磐石游击队政治委员、东北抗日联军第一军军长兼政委、抗日联军总司令等职。领导军民对日寇坚持了长达9个年头的艰苦卓绝的斗争，最终以身殉国。

《死也不当亡国奴——镜泊抗日英雄陈翰章》

陈翰章，从1932年8月投笔从戎，直到1940年12月8日为抗击日本侵略者，战死在镜泊湖畔。他在抗日疆场上奋战了九年，他那可歌可泣的英雄事迹将为人们永世传颂。

《名将殉国 气壮山河——抗日将军张自忠》

著名抗日将领、民族英雄张自忠，生于忧患的时代，抱有"宁为百夫长，胜作一书生"的志向，经历过失败与低谷，最终成就了慷慨人生。本书主要以人物活动为主，勾画出一个真正的"民族魂"鲜活的人生，会带给读者振奋的力量。

《宁死不辱战士名——狼牙山五壮士》

1941年日寇在河北易县"扫荡"。为掩护群众和主力部队撤退，五位八路军战士毅然把敌人引上了狼牙山棋盘坨峰顶绝路。弹尽粮绝、无路可退，五位英雄纵身跳下了万丈悬崖，用生命和鲜血谱写出一曲惊天地泣鬼神的壮举。

《太行浩气传千古——抗日名将左权》

左权，中国工农红军和八路军高级指挥员，著名军事家。是八路军在抗日战场上牺牲的最高指挥员。名将阵亡，太行山为之垂首，全党为之悲痛。周恩来称他"足以为党之模范"，朱德赞誉他是"中国军事界不可多得的人才"。

《虎将兴关外　抗倭统雄师——抗联英雄赵尚志》

本书描写了久经考验的共产党员、东北抗联的创建者和主要领导人赵尚志，在艰苦卓绝的条件下，坚持抗战，威震敌胆，战功卓著，忍辱负重，忠贞不屈，为国捐躯的英雄故事，为青少年读者呈上一部爱国主义的佳作。

《黄埔之英　民族之雄——抗日名将戴安澜》

抗日名将戴安澜，先后参加保定、漕河、台儿庄、武汉、昆仑关等战役，作战英勇，屡建奇功；入缅作战，"扬威国外，藉伸正义"；守东瓜，复棠吉；殉身缅北，遗恨丛林，马革裹尸，成就了光辉的一生。

《爱国志士　民主先锋——新闻出版家邹韬奋》

本书讲述了邹韬奋献身新闻出版事业的奋斗历程，展现了一位新闻工作者坚定的革命信念和炽热的爱国主义精神，全心全意为人民服务、为读者服务的奉献精神，歌颂了他的高尚情操和优良品质。

《为抗战发出怒吼——人民音乐家冼星海》

人民音乐家冼星海，青年时期在巴黎求学，饱尝屈辱与磨难；学成后毅然回到多灾多难的祖国，用满腔热忱谱写激昂的音乐，鼓舞中华儿女的斗志；奔赴延安，谱写出不朽的名作《黄河大合唱》，发出中华民族抗日救亡的怒吼。

《全民皆兵　抗击日寇——抗日战争的故事》

中国人民进行的十四年抗战，是一百多年来中国人民反对外敌入侵第一次取得完全胜利的民族解放战争。这场战争是以国共两党合作为基础，有社会各界、各族人民、各民主党派、抗日团体、社会各阶层爱国人士和海外侨胞广泛参加的全民族抗战。

《捧着一颗心来　不带半根草去——人民教育家陶行知》

陶行知是我国现代教育史上伟大的人民教育家、教育思想家。他从青年起就立志献身教育事业，以"捧着一颗心来，不带半根草去"的赤子之心，为人民的教育事业鞠躬尽瘁。

《为民主与和平拍案而起——民主斗士闻一多》

闻一多早年与梁实秋等人发起成立清华文学社。赴美留学期间由对祖国的深深眷恋而创作著名的《七子之歌》。后在西南联大任教8年，积极投身于抗日运动和争取民主的斗争，发表了著名的《最后一次讲演》。

《铁窗难锁钢铁心——革命先烈王若飞》

王若飞是我党早期杰出的无产阶级革命家。在艰苦卓绝的斗争中，他出生入死，屡建奇功，以超人的睿智和胆略，在敌人的监狱中，同敌人展开了殊死的较量，为抗战的胜利和新中国的诞生做出了卓越的贡献。

《横扫千军　还我河山——抗联名将李兆麟》

李兆麟是东北抗日联军创建人之一，他率领抗日联军历尽千难万险与日本侵略者浴血奋战，在极其艰苦的条件下，保存了抗日联军的有生力量，为东北光复做出了重大贡献。

《锄头开出新天地——解放区大生产运动》

为了解决困难，渡过难关，党中央号召党政军民齐动手，开展大生产运动。中国共产党在其控制区域内发动的一场军队屯田和鼓励生产的群众运动，达到了自己动手丰衣足食，共度难关，既进行革命又进行生产自足的目的。

《生的伟大　死的光荣——女英雄刘胡兰》

刘胡兰，坚贞不屈的少年女英雄。生前对我国劳动人民的解放事业无限忠诚，在敌人威胁面前，大义凛然，毫无惧色，英勇牺牲，表现了共产党员的高贵品质。

《饿死不领美国救济粮——爱国知识分子的楷模朱自清》

朱自清作为爱国知识分子的典型，以锐利的笔锋直言痛斥反动政府的暴行，体现了他崇高的爱国情怀和不畏恶势力的精神品格。毛泽东曾给朱自清先生以高度评价："一身重病，宁可饿死，不领美国的'救济粮'"，"表现了我们民族的英雄气概"。

《为了新中国前进——舍身炸碉堡的董存瑞》

伟大的英雄，中国人民的儿子董存瑞，从儿童团长成长为一名光荣的解放军战士，在1948年解放隆化县城时，舍身炸碉堡，为新中国献出了自己年轻的生命。他的英雄形象永远留在人民心里。

《宁死不屈的共产党员——革命烈士江竹筠》

江竹筠，就是著名的江姐。1947年春，她负责《挺进报》工作，只几个月的时间，报纸就发行到1600多份，引起了敌人的极大恐慌。由于叛徒出卖，江姐不幸被捕，惨遭毒刑的残酷折磨，仍坚贞不屈。最后被特务秘密枪杀，年仅29岁。

《抗美援朝　保家卫国——志愿军的战斗故事》

抗美援朝战争是中国人民志愿军为援助朝鲜人民、保卫祖国安全，与美国为首的"联合国军"发生的战争。在朝鲜牺牲的志愿军烈士们，他们英勇的战斗事迹、保家卫国的精神值得我们发扬光大。

《上甘岭上壮烈歌——黄继光和他的战友们》

在1952年10月的上甘岭战役中，黄继光和他的战友们在零号阵地半山腰被敌机枪火力点压制，此时，黄继光身上已经多处负伤，手雷也已全部用光。为了完成任务，减少战友的伤亡，他用自己的胸膛堵住正在扫射的敌机枪射孔，为反击部队扫清了前进的道路。

《诗书印画　全入神品——国画大师齐白石》

齐白石出身贫寒，做过农活，当过木匠，后改学雕花木工，从民间画工入手，摹古人真迹，学诗文书法，融汇古今，而诗、书、印、画俱佳；他将中国画的精神与时代的精神统一得完美无瑕，使中国画得到国际的重视，无愧于"国画大师"的称号。

《毕生为文化而奋斗——中国第一出版家张元济》

张元济参与、主持和督导商务印书馆近六十年，使其从简单的印刷企业转变为当时中国教育出版的旗帜。张元济一生爱书，在中华大地动荡不安的年代里，他用自己对文化的热爱，续存着中华民族灿烂悠久的文明之光。

《独树一帜　梨园大师——著名京剧表演艺术家梅兰芳》

梅兰芳，京剧大师，演唱风格独树一帜，世称"梅派"。曾先后赴日本、美国、苏联演出，并荣获美国波摩那学院和南加州大学的荣誉文学博士学位。作为一位爱国者，抗战期间蓄须明志，拒绝为日本人演出，为后世称颂。

《华侨旗帜　民族光辉——爱国侨领陈嘉庚》

陈嘉庚是著名的爱国华侨领袖、企业家、教育家、慈善家、社会活动家。他为辛亥革命、民族教育、抗日战争、解放战争、新中国的建设做出了卓越的贡献。生前被毛泽东誉为"华侨旗帜、民族光辉"。

《向雷锋同志学习——伟大的共产主义战士雷锋》

雷锋，一个平凡而伟大的共产主义战士，一心向着党，一生秉承着全心全意为人民服务、无私奉献的崇高思想；发扬刻苦学习和钻研理论的"钉子"精神；坚持勤俭节约、艰苦奋斗的优良作风。毛泽东为其题词："向雷锋同志学习。"

《人民的好公仆——县委书记的好榜样焦裕禄》

焦裕禄，被誉为县委书记的好榜样。他用自己的革命精神，展开了与大自然、与社会落后现象、与病魔的多重抗争，让我们领略到一

——谢晋元和他的战友们

个共产党人的生之伟大、死之壮美的人格品质和具有现实教育意义的精神魅力。

《文学巨匠　京味大师——人民作家老舍》

老舍是我国现代小说家、文学家、戏剧家。他用融入骨髓的真诚文字反映生活的喜怒哀乐。老舍的一生，总是在忘我地工作，他是文艺界当之无愧的"劳动模范"，生前被北京市人民政府授予"人民艺术家"的称号。

《革命老人——无产阶级教育家徐特立》

徐特立是一代伟人毛泽东的老师。他出生在贫苦家庭，大部分时间生活在动荡艰苦的年代；他刻苦勤奋，不畏艰辛，追求光明，一生勤俭，为革命培养了大量的人才；他对党和人民任劳任怨，鞠躬尽瘁。他坎坷奋斗的一生，留下了许多可歌可泣的故事。

《人生能有几回搏——新中国第一个世界冠军容国团》

容国团先后担任中国乒乓球队运动员、女队主教练。获得1959年男子单打世界冠军；1961年夺得男子团体世界冠军；作为中国女队主教练，1965年率女队第一次夺得女子团体世界冠军。他的"人生能有几回搏"的豪言，举国传诵。

《石油工人一声吼　地球也要抖三抖——铁人王进喜》

王进喜，新中国第一批石油钻探工人。他为祖国石油工业的发展和社会主义建设立下了不朽的功勋，在创造了巨大物质财富的同时，还给我们留下了宝贵的精神财富——铁人精神。他被评为"百年中国十大人物"，写入中华民族的光辉史册。

《做人民需要我做的事——著名地质学家李四光》

李四光是一位伟大的科学家，他一生从事地质学研究工作，足迹遍布祖国的山川，为祖国探明了许多地下宝藏；他创建了崭新的学说——地质力学；他历尽重重困难，为正确认识地质构造开辟了一条新路。

《中国化学工业的先驱——著名化学家侯德榜》

为摆脱纯碱需要进口的窘况，20世纪初，怀着"实业救国"梦想的中国化工先驱侯德榜等人创办了永利碱厂，并立志生产出中国人自己的碱。1926年，永利碱厂终于成功地生产出"红三角"牌纯碱，从此中国制碱业得以跨入世界先进行列。

《毕生求是　一丝不苟——著名科学家竺可桢》

著名科学家竺可桢献身科学研究；治学严谨，一丝不苟；一生廉洁，两袖清风；作风民主，爱护学生。他以爱国之心、报国之志，从一个民主主义者逐渐成长为一个共产主义战士。

《热爱自然的大地之子——著名植物学家蔡希陶》

蔡希陶，五十载风雨，五十载坎坷，五十载奋斗，五十载开拓，为了发现对人类生产、生活有用的植物及新物种的引进而做出巨大贡献，在中国的植物资源学史上将永远镌刻着他的名字。

《高洁无私的襟怀——知识分子的楷模蒋筑英》

蒋筑英是中国当代知识分子的先锋典范，他不为名，不为利，尊重科学；他以坚忍的毅力和顽强的作风，在科学的道路上呕心沥血，鞠躬尽瘁，无私地奉献了青春和生命。

《迎接新生命的天使——卓越的妇产科专家林巧稚》

林巧稚是国内外享有盛誉的妇产科专家。在五十多年的医学教育和临床实践中，林巧稚亲自接生了五万多婴儿，治愈了数千病人，培养了数以百计的专门人才，为我国的妇女儿童事业做出了不可磨灭的贡献。

《独自成千古　悠然寄一丘——国画大师张大千》

张大千是20世纪中国画坛最具传奇色彩的国画大师，无论是绘画、书法、篆刻、诗词无所不通。在艺术界深得敬仰和追捧，艺术家们用真挚的感情，用绘画和雕塑展现了"张大千"多彩的艺术形象。

《建造中国的通天塔——著名数学家华罗庚》

中国当代著名数学家华罗庚，为中国数学的发展做出了无与伦比的贡献，他是中国解析数论、典型群、矩阵几何等多方面研究的创始人与开拓者，也是我国最早将数学理论研究与生产实践紧密结合的科学家。

《问鼎长天　强我国威——两弹元勋邓稼先》

邓稼先是我国著名科学家，参加组织和领导我国核武器的研究、设计工作，从对原子弹、氢弹原理的突破和试验成功及其武器化，到新的核武器的重大原理突破和研制试验，作出了重大贡献。是我国核武器理论研究工作的奠基者之一，被誉为"两弹元勋"。

《敢叫天堑变通途——桥梁专家茅以升》

中国著名的桥梁专家茅以升从小立志为祖国建造桥梁，经过不懈努力，他不仅设计建造了一座座宏伟壮观、坚固实用的道路桥梁，而且搭建了一座座友谊之桥，为祖国建设作出了卓越贡献。

《蘑菇云之梦——核物理学家钱三强》

被誉为"中国原子弹之父"的核物理学家钱三强，更名后立志于科技报国；24岁投师于世界著名核物理学家居里夫妇；与夫人何泽慧合作，发现铀的"三分裂""四分裂"现象；统领我国的原子大军，做了大量创造性工作。

《两离桑梓地　满怀雪域情——领导干部的楷模孔繁森》

孔繁森，是一位一尘不染、两袖清风的好干部。两次进藏工作，历时十载，为西藏的建设、发展和稳定作出了突出的贡献。1994年11月，孔繁森不幸以身殉职。人民群众称他为新时期领导干部的楷模。

《摘取数学皇冠上的明珠——著名数学家陈景润》

陈景润是享誉世界的数学家，为了证明"哥德巴赫猜想"，他以惊人的毅力在数学领域里艰苦跋涉，终于攻克了世界著名数学难题"哥德巴赫猜想"中的"1＋2"，创造了中国乃至世界数学史上的辉煌。

《学术独步　饮誉四海——享有国际威望的科学家卢嘉锡》

卢嘉锡是一位在国际科学界享有崇高威望的物理化学家、化学教育家和科技组织领导者。1945年，卢嘉锡满怀"科学救国"的热忱回到祖国，对中国原子簇化学的发展起了重要推动作用，他所指导的新技术晶体材料科学研究，也取得了重大成绩。

《德艺双馨　梨园楷模——著名豫剧表演艺术家常香玉》

常香玉1941年赴陕甘演出。1948年在西安创办香玉剧社。1951年为支援抗美援朝，率剧社巡回西北、中南、华南各地演出，以演出收入捐献"香玉剧社号"战斗机一架，素有"爱国艺人"之誉。

《文学大师　激流勇进——著名作家巴金》

本书以巴金生平和主要事迹为线索，回顾和展示现代著名作家巴金的一生，以期让人们看到巴金在这风云变幻的100多年中，有过成功的欢欣，有过屈辱的磨难，有过痛苦的忏悔，有过平静的安宁。巴金的人生，映照着一代中国五四知识分子坎坷而不平凡的命运。

《壮心系科学　孜孜为国昌——理论化学家唐敖庆》

本书讲述了唐敖庆从出国求学、学业有成、回国任教，到服从安排、艰苦工作、刻苦钻研，最终成为中国量子化学奠基者的过程。让人们看到了这位著名化学家的赤心爱国、严谨治学、大公无私的崇高品格和科研上的卓越成就。

《中国导弹之父——著名科学家钱学森》

当第一颗原子弹升空的时候，当中国的人造卫星奏响《东方红》的时候，当中国运载火箭腾空而起的时候，当中国研制的导弹准确命中目标的时候，人们都会想起他的名字：中国导弹之父钱学森。

《中国近代力学的奠基人——著名科学家钱伟长》

钱伟长曾以中文和历史两个100分的成绩考入清华大学。九一八事变后，钱伟长毅然放弃了文科的学习而转为理科。他是中国近代力学、应用数学的奠基人之一，在固体力学、流体力学以及航空航天领域，取得了卓越的成就，为新中国的现代化建设付出了毕生的精力。

《中国光学科学的奠基人——著名科学家王大珩》

王大珩是我国著名的科学家，中国光学科学的奠基人。他先在清华就读，后赴英国求学，学业有成，立志科学救国，其成就享誉神州。他以科学的求是精神和赤诚的爱国情怀，探索着中国光学发展的闪光之路。